阿川大樹

終電の神様　台風の夜に

実業之日本社

実業之日本社文庫

終電の神様　台風の夜に

目次

第一話　観客のいない舞台

シェ・モリワキ。

重山元彦《しげやまもとひこ》と出会ったのは、西麻布《にしあざぶ》のオーナーシェフのレストランだった。舞台女優をしている文香《ふみか》に誘われて行った食事会だ。

呼ばれている会に空きが出た。ピンチヒッターで来てくれないか。費用は一切からない。そういう誘いだった。

予約が取れない店として名前だけは聞いたことのあったフレンチの店。インターネットにホームページすらない。もちろん、知り合いで行ったことのある人間なんていなかった。コースの値段もわからない。自腹で行ける店ではないことだけは確かだった。

電話で話を聞いているうちに美味《おい》しいものを食べたいと思い始めた。

池袋《いけぶくろ》から東武東上線《とうぶとうじょう》ですぐだが、家賃四万五千円の古いアパートの狭いキッチンで弁当を作って派遣先の会社に持っていく暮らしに疲れていた。食べ物にこだわる方ではないつもりだけれど、近頃、何を食べても心から美味しいと思えることがない。おにぎりとか、カレーとか、ケチャップの味のオムライスとか、モヤシ炒《いた》めとか、そういうわかりやすい味ではなく、どうやったらこの味になるのかわからないような複雑な味のする料理が食べたい。二つ返事でＯＫを出した。

「『女優』の仲間だといってあるから、そんな感じで」

「なにそれ？」

「莉奈《りな》だってかつては女優だったんだし、今だって舞台には立っているんだから、まるっきり嘘《うそ》ってわけじゃないでしょ」

「そうだけど」

文香は莉奈が学生時代から所属していた劇団「シェイキング・ブル」の仲間だ。いまでも生山《いくやま》文香の名で活動を続けている。

「まあ、今回はわたしの顔を立てるということでさ」

よくわからないが何か事情があるらしい。美味しいものを食べて文香に恩を売っておける。腑《ふ》に落ちないままだったけれど、頭の中は「予約の取れないフレンチ・レストラン」への期待でいっぱいになっていた。

「おしゃれをして来てね。ちゃんとした人たちだから。あまり派手じゃない方がいいと思う。清楚《せいそ》な感じね」

服装まで指定してくる。何はともあれフランス料理だ。指示にしたがった。

膝が隠れる長さのペンシルラインのセミタイトスカートで上品な感じを出しながら、淡いブルーのストライプの七分袖のブラウスは襟が少し大きめのスクエアに開いている。自然に女らしく見えるはずだ。

元女優だし今でも舞台に立っている。職場は美容チェーンの本部だし、ボーナスのない契約社員であっても、日頃から服装には気を遣っている。ファストファッションと古着の組み合わせでいかにお洒落《しゃれ》にみせるか、という方向でだけれど。でも、そういうレストランに行くような目の肥えている人の目はおそらくごまかせない。ブラウスはGAPではなくナラカミーチェにした。

指定された時刻ちょうどにレストランに着いた。

詰め襟の白シャツに黒のギャルソンエプロン姿のウェイトレスに案内されたゆったりとした個室は、所々にレンガをあしらった南欧風のインテリアだった。壁にはコントラストの強い抽象画がかけられ、そこに天井のレールから柔らかな照明が当てられている。

「お連れ様がいらっしゃいました」

文香が席を立って、莉奈を紹介しようとしたとき、座っていた男性の一人が空いている椅子をを示した。

「ああ、堅苦しいことはいいから、席に座っててください」

「赤嶺《あかみね》莉奈です。はじめまして」

軽く一礼してウェイトレスの引いてくれた椅子に腰掛けた。

「お話は文香さんから聞いてますよ。今日はよく来てくださいました。重山元彦と言います。こちらは友人でわたしと同じ外科医の佐多一郎《さたいちろう》先生。あ、最初だから業界の慣例で先生なんて紹介しますが、高校大学と一緒だった悪友で、ふだんはイチローって呼んでいるんですけどね」

文香がいう「ちゃんとした人たち」の意味が少しわかったような気がした。

「悪友のイチローです」

そう言ってもう一人の男性が笑顔を見せた。軽く会釈をする。

「赤嶺さんというのは沖縄の苗字《みょうじ》ですね」

「はい。実家は国頭村《くにがみそん》です」

「そうですか、国頭だと那覇《なは》からはけっこう離れていますよね」

「沖縄のことをよくご存じなんですね」

重山という男が口火を開いてくれたたわいない会話のおかげで、初対面の男性ふたりと高級レストランで食事をする、という慣れない緊張が柔らかくほぐれたのは助かった。

あとはこの場を舞台だと思って、このレストランで「ハイスペックな年上の男性と食事をするのにふさわしい二十九歳の女」を演じればいいのだ。

たとえば、就活中の女子学生と人事部長の個人面接。街角で若者に道を尋ねる地方から観光に来ている老人。部屋に入った娼婦《しょうふ》と客の最初の会話、大事なガラスの靴を返して欲しいけれど王子とは結婚したくないシンデレラ。キスをすれば目の前で眠る白雪姫の命が助かることがわかっているのに、それがバレると付き合っている恋人の嫉妬を買って関係が壊れてしまうかもしれないというジレンマに苦しむ王子。

劇団のエチュードでは、いろいろなシチュエーションを与えられ、即興で芝居をやった。あの二十歳の頃より長く生きてきた今の方が、たぶん、いい演技ができる。目の前にいる二人の外科医と文香はどういう関係なのだろう。この場で聞いてはいけないのかもしれない。そんな気がした。

重山さんたちは最初に外科医だと名乗った以外、仕事の話は一切しなかった。自分たちも、二人が外科医であることについて「すごいですね」とも「たいへんなお仕事ですね」とも言わなかった。たぶん、この男性たちはそれを望んでいない。

四十代半ばであろうこの人たちは、若い頃から何百回も似たような会話をしてきたに違いない。むしろ外科医であるという看板を羨望の対象として見られることには、うんざりしていると思う。

この人たちにとって、自分が外科医であることはとっくにただの日常になっているだろう。羨望の目で見られたり、嫉妬の入り交じった感情で何かを言われたり、預金通帳を覗《のぞ》かれるようなことを言われたりするのを、愉快だとは思わないだろう。

それは「女優」だと名乗ったときに自分が経験してきたことでわかる。

人に紹介されたとき「女優さんなんてすごいですね」といわれることがよくあった。自分の選んだ生き方にどんな自負があったとしても、「すごいですね」に対してどういうふうに答えたらいいのか、いつも居心地《いごこち》の悪い思いをする。

会話の相手にとって「女優」というものがどんな存在なのか、まずそれがわからない。

ある人たちは、テレビや映画で活躍しているような俳優をイメージする。そして、聞いたことのない名前の「女優」を目の前にして「売れない女優」という言葉を当てはめ、なにかしら憐《あわ》れみの感情を抱く。

自分は憐れではない。売れないより売れた方がいいとは思う。それだけ、多くの人に自分が演じたものが届く可能性がある。アルバイトをしなくても生活できるなら、すべての時間を芝居のために使うことができる。それはそれは素晴らしいことだ。

でも、売れなければだめだと思ってはいない。

ひとつの芝居はすべてかけがえのない人たちによって作られている。月並みな言い方だけれど、主役だけで芝居はできないのだ。脇役も、台詞《せりふ》のない群衆も、観客の見えないところにいる照明や音響や大道具や製作や演出その他のスタッフの誰一人が欠けても公演はできない。芝居を作って舞台に載せ、観客に見てもらう。そのシンプルな仕組みの中では、それぞれの役割以外、何の上下関係もない。芝居の大部分は、むしろ名の知られないプロフェッショナルによって作られている。俳優というのは、それを作り上げるためのひとつの役割の名前だ。

そして俳優個人にとっては生き方だ。いつだって自分は学生でもアルバイト店員でも契約社員でもなく、女優だと思って生きていた。

生きるためにお金を稼ぐ手段を職業と定義する人から見れば、「売れない女優」は「女優を夢見る人」か、よくて「二流三流の俳優」とみなされるのだろう。売れない画家が二流ならゴッホは二流画家だった。劇場に芝居を見に来る人にとって、出演者が目の前の舞台に立っていないときに、ブロードウェイのステージに立っていようが、大河ドラマの収録をしていようが、下北沢《しもきたざわ》で居酒屋の店員をしていようが、そんなことはどうでもいいはずだ。

テレビに出て有名になるという野心だけをもつ人ももちろんいる。

自分だってテレビの仕事のオファーを断ることはしない。

時には刑事ドラマに出演して、セリフを一言も話さないまま死化粧をされ、殺人事件の被害者になる。どんな役柄でも断らない。むしろ、さまざまな役割をこなすことが俳優の能力であり自負でもあり喜びでもある。

有名になることがいちばんの目標だという俳優は、たぶん一般の人が思うほど多くはない。

席に着くと細いグラスにヴーヴ・クリコが注《つ》がれた。

目の前で恭《うやうや》しく注がれる淡い黄色をした液体、中に生まれて立ち上る小さな小さな泡。その泡を見ていると、シャンパンが水よりほんのわずか粘り気を帯びているように感じられる。

「素敵な食事にお招きいただきありがとうございます」

「改めて初めまして」

乾杯が終わったのを見計らって、オードブルのプレートが届けられた。

「莉奈さんはどんな舞台に立っていらっしゃるんですか」

料理について給仕《ギャルソン》の説明が終わったところで、重山さんから質問が来た。やっぱりそこに来る。

横目で文香を見た。だから女優仲間だなんて言って欲しくなかったんだ。目だけで抗議した。

「いまはお芝居からは足を洗っているのですが、違う形で舞台には立っています」

「どういう舞台なんですか？」

当然、そういう質問が来る。答えないわけにはいかない。

「笑わないでくださいね」

「笑いませんよ」

「アイドルをやってます」

針のむしろの上をそうっと歩くような瞬間だったけれど、重山さんとイチローさんは笑わなかった。

「アイドル、ですか」

ふたりとも反応に困っている。

「いい年して、って思うでしょう？」

「いや、そんなことは……」

文香は笑っている。

すぐに説明を続けたかったのに、湘南《しょうなん》のサワラのなんとかという料理が運ばれてきて、ギャルソンの説明が終わるのを待たなければならなかった。

「俳優ではなくて、歌手になろうと思って」

「転身ですか。それはどうして？」

当然、そう聞かれるだろう。

「簡単にいってしまうと、大勢でひとつのものを作るのに疲れてしまったんです」

百倍くらい穏便《マイルド》な言い換えだ。

「もともと演劇に興味を持つようになる前から歌は好きで、得意だったんですよ」

「沖縄の人ですもんね」

「高校に入ったころには音楽大学に進みたいと思ったくらい」

「そうしなかったのは？」

「残念なことに、ピアノが弾けなかったんです」

笑顔を作った。

「ああ、なるほど」

「十六歳で音大に入りたいと思ってももう間に合わないんだと、その時、初めてわかって、めちゃめちゃ落ち込みました。気づくの遅いですよね。でも、その年になるまで、専門的に音楽をやろうなんて考えてもみなかったので。内地と違って、沖縄では子供の頃からピアノを習う人はほとんどいません。それで、さあ今からでもピアノ習い始めよう。いったんはそう思いましたけど、そんな付け焼き刃で間に合うはずがないとすぐにわかりました」

「何かを始めるのに遅すぎるということはない、なんて言いますけど」

重山さんがとりなすように言ってくれた。

「言いますけど」

「たしかにね。ピアノはね」

遅すぎないと言った重山さんがすぐにむりだと言った。

「たしかにピアノは……。でも幸運にも大学にはいってすぐに演劇に巡り逢《あ》いました」

「そうよ。わたしが莉奈を芝居に引き摺《ず》り込んであげたから……」

「文香に『買って』って、両手を合わせてノルマのチケット売りつけられたおかげで。お芝居なんて眼中になかったのに、ほとんどはじめて生の舞台を見てガツンとやられて『これだ』といきなり確信したんですよね。運命の人に出会ったみたいな。ふつうに暮らしていたらお芝居を観るという習慣はないでしょう。残念ですけど」

「運命の人に出会ったみたい、ですか」

重山さんがじっとこっちを見る。

「夢中になるものができて、音楽やりたかったのにできなかった的なモヤモヤはなくなりました。その点についてはすごく文香に感謝してます」

「本当にやりたいことをやれる人は幸せですね」

「そう思います」

でも、女優を続けることができなかった。

「テレビで歌を唄っている何々さんはアイドルだ、という言い方はあるけど、『アイドルをやる』というのは、つまりどういうことなんですか」

イチローさんの質問はもっともだ。

「つまり……」

と文香が説明をしてくれようとしたのを遮って自分で続けた。ややこしい説明はできるだけしたくなかった。

「ひとことで言うと、ステージの上でアイドルのように歌う、ということです。テレビに出ない無名の存在だから『地下アイドル』なんて言い方をされています。本来のアイドルは大勢の人の注目を集める憧れの存在ですけど、一握りのファンがいるだけで、全然アイドルではない、ステージパフォーマンスの様式がアイドルの形をまねているという。一種のロールプレーイングです」

「ロールプレーイングか」

「たとえば、ＡＫＢの女の子たち、みんなハイティーンかミドルティーンみたいな感じがするでしょう」

「うん、そうですね」

「実際は二十五歳以上だって何人もいる。最年長は二十九歳ですよ」

「おお！」

「競争の激しい芸能界を生き抜いているしたたかな人たち。子供に見えて立派な大人です」

「なるほど、見方が変わりました」

「立派な大人が、かわいい、いいらしいをしっかり演じているんです。わたしはステージの上だけですけど、ＡＫＢの人たちは、人目に触れるすべての場所で」

「おれ、ＡＫＢでなくてよかったなあ。異性とフレンチ食べているところを誰かに見られたら大変だ」

イチローさんが笑わせる。

「イチローは見られたいだろ」

「そうそう、どうせなら自慢したいな」

「で、音楽をやろうという莉奈さんとしては、なんでまた地下アイドルなんですか」

なんでまた。正確に話すと長くなる。

「演じる、自分でない人になる、そういうこと……かな、たぶん」

「やっぱり役者さんなんだ」

「そうかもしれませんね。

ステージで歌を唄う方法はいろいろあります。バンドを組むのも一つです。でも、志を共有できるメンバーを揃《そろ》えるのはけっこうむずかしい。

ギターを抱えて弾き語り、というのも自分的にはちょっと違う」

「どういうところが違うんでしょう。差《さ》し支《つか》えなかったら教えてください」

真剣に聞いてくれている。

「これはわたしの先入観だと思うのですけど、弾き語りの人って、ステージで、自分の繊細さとか弱さとかを表に出すような表現が多いような気がするんですよね。そういうのがちょっと苦手なんです。生の自分の弱いところを売りものにするというか。

ウソをつきたいんですよ。ステージの上で見せる自分は本当の自分ではない。そういうことをやりたい。

本物だからこそ人の心を動かすことができる、という人がいるでしょう？　でも、そうじゃなくて、わたしはフィクションの世界に自分を置きたい。観客席にいる人を騙《だま》したい」

やっぱり話が長くなった。

目の前の男性たちを交互に見た。二人ともこちらをじっと見ていた。女の生き方に真剣に興味を持ってくれない男性もたくさんいる。

「性悪女ですね」

少し間を置いて小さく微笑《ほほえ》んだ。横にいる文香は頼もしげに見てくれている。

その目を見て気づいた。「ハイスペックな年上の男性と食事をするのにふさわしい二十九歳の女」を演じるはずだったのに、もしかしたら、いま、「生の自分」で話をしている。

「莉奈さんが敢《あ》えてアイドルをやる理由、なんとなくわかったような、でも、やっぱりわからないような」

重山さんは首を傾《かし》げている。

「重山さんはお医者さんがやりたいことだったんですか？」

「そう、子供のころからずっと」

「お父様がお医者様だったとか」

「サラリーマンですよ。だから親には大学は国立じゃないと通わせられないといわれて」

「重山さんとイチローさんは高校の時から一緒だと聞いたので、てっきり私立の附属高校から医学部に進んだんだとばっかり」

「そんなお坊ちゃんじゃないです。国立です。がんばって勉強しました」

自分から「勉強しました」という人は珍しいと思った。どんなに勉強していても、たいていは「そんなに勉強してません」というのだ。まるで、勉強するのが恥ずかしいことのように。

「国立の医学部に受からなければならないって、ハードル高すぎます」

「大変でした。だけど、医者は大学に受かって国家試験に受かれば必ずなれるのがわかっているでしょう？　でも、俳優さんはこれとこれをやれば必ず、というのがないじゃないですか」

「そうですね。ひとつひとつの舞台が試験みたいなものだし、それがうまくいっても、次にチャンスが来るかどうかはわからない」

「ただ、舞台に立とうと思えば、立てる舞台はいくらでもあります」

文香が言う。

そうなのだ。劇団はたくさんある。かつてそのひとつに莉奈もいた。

「毎日、日本中のどこかで、無数の芝居が公演されています。自分が作る側になれば、あとはどこかホールを借りれば誰でも舞台に立つ機会を作っていけます」

自分がやっているアイドルも自分で作る「舞台に立つ機会」だ。

「重山さんやイチローさんが、お医者さんになろうと思ったきっかけは？」

「病気で苦しんでいる人を助けたいと思ったから。あまりにもふつうの理由で申し訳ないんだけど」

意外だった。すぐなぜ意外なのか自問した。病気を治したいから医師になる。それは当たり前なのに、どうして意外に思ったのだ。

「そう思うようになったのはいつ頃ですか？」

「中学くらいかな」

「おれは小学生のころには大きくなったらお医者さんになりたいと思ってた」

「イチローさんも、重山さんも、そんなに小さな頃に人のためになりたいって思ってたんですか」

「今だって思ってます」

当然だというような言葉に小さな衝撃を受けた。

「お医者さんてすごいなあ。四十年とか、同じことを思いつづけているなんて」

「もちろん、金儲《もう》けが好きとか、女好きとか、医者にもいろいろな人間がいると思うけど、苦しんでいる人を助けたいと思っていない医者はいないと思います。でも、医者はわかりやすいだけで、ずっと何かを思いつづけている人ってけっこう多いかもしれませんよ」

そうだろうか。

半分死んだように無表情で夜の満員電車に乗っている人たちの中にも、そういう人がいるのだろうか。

満員の最終電車で家を目指す人々の疲れた顔を思い浮かべた。

酒の匂い、そろそろクリーニングに出さなければいけないスーツの匂い、化粧品と汗の混じった匂い。脇の下の匂い。誰かが持っているフライドチキンの匂い。

いや、いる。いるに決まっている。けれどそれがあまりにも目に見えない。

目の前の皿には、スライスされた鴨《かも》の肉が並んでいた。

いつのまにかナイフとフォークも違うものに変えられている。ヴーヴ・クリコから始まったワインは、三本目のカベルネ・ソーヴィニョンになっていた。

ギャルソンが説明してくれたなんとかというソースは、何を材料にどうやって作ったのか、舞台裏がまったく想像できない味がしていた。自然の素材を活《い》かしているのに究極の人工ともいえるフランス料理。これが高級な料理というものなのか。

目の前の二人の男性は、新しい料理が運ばれてくるたびに、あるいはワインの栓を抜くたびに、これいいなあ、美味しいなあ、今日まで生きてて良かったなあ、などととても素直に喜びを口にする。お金持ちの家には生まれてなかったのかもしれないけれど、育ちのいい人なのだと思った。

楽しかった。美味しかった。そして今日初めて会った気がしない。

高級レストラン。一回り以上年上のふたりの外科医。

慣れないシチュエーションに緊張したけれど、年下の自分たちに対して、尊大な態度をとることもなく、他の誰かを貶《けな》すようなことも言わず、中身のある会話をする人たちだった。

そんな紳士とゆっくりと食事をしていると、自分も淑女になったような気になる。レバニラ炒めだって美味しいけれど、レバニラ炒めを出す店には、自分の周りのあれこれを肯定的に話す人の、こんな伸びやかな笑顔はなかなか見つけられない。

豊かさについて考えた。自分がいつもいる場所とこの場所。

たとえば、たまたま店構えに惹《ひ》かれて初めて入った店の、白木を活かしたフロアで、お洒落なサラダなりパスタなりを食べ、自分なりにいくらかいい時間を過ごすことができたと喜んでいたのに、まもなく、その店が「インスタ映えする店」と雑誌に載っていたことを知ってしまうがっかり感。安直な方法で喜ばされてしまったと思った時の敗北感。

いつもならそんなものと背中合わせに生きている。

値段の書かれたメニューを目にすることがないまま、仕事や経歴を自慢することもなく、ワインの値段も会話に上らず、美味しい料理や店のサービスを素直に賞賛し、まっすぐにそれを楽しむ夜。幸福な時間だった。

子供の頃から「苦しんでいる人を助けたい」と思いつづけて、人よりたくさん勉強して努力を重ねて医師になったという男たち。二十四時間連続勤務になることもあるというハードな仕事を続け、なお、その仕事にかかる苦労も志も軽やかに笑いながら口にする人を前にしている時間。

自分が苦労していることなど、どうってことないのだという気がしてくる。この人たちにとって、努力することやがんばることは、わざわざ口にするまでもなく当たり前なのだ。そう思いながら、いつのまにか自分が勝手に励まされていた。あれもこれも心地よかった。けっこうワインを飲んだ。

見たこともない美術品のようなデザートが出て来た。

写真に撮りたい衝動が生まれ、すぐに消えた。

その時までに悟ったことがあった。食事はライブパフォーマンスだ。だから撮らない。

芝居と同じだ。目の前で演じられ、終われば跡形もなく消える。

シャンパンの泡の輝き、ソースの味、ナイフが食器に当たる感触、口の中に広がるジュレ、ピンクペッパーを嚙《か》み潰した時の香りと刺激、舌にソースが届き、次に肉の味がする。肉の焦げ目と内側の食感の違い、匂い。ワインの渋み、デザートに添えられたエディブル・フラワーの苦み、心地よい会話の中に紛れて、時に突き刺さる言葉。料理人のシナリオに沿って進められ、その上にアドリブで重ねられていく会話。

どれも、現れては消えていく一瞬の要素の繋《つな》がりであり、料理人によって緻密に企てられたものと、テーブルを囲む者とが織りなす、秩序と偶然の産物。

「美味しいなあ」

四人合計で何十回目かのその言葉の後、重山さんがほんの一瞬、視線をメートルドテルに向けた。

まもなく来た給仕の差し出したキャッシュトレイの伝票を一瞥《いちべつ》すると、その上にクレジットカードを載せた。

「ああ、楽しい食事でした。文香さん、莉奈さん、今日はわざわざ来てくださってありがとうございました」

費用のことは口に出さないように。文香にそういわれていた。

「できれば、またお二人に来て欲しいなあ」

うれしかった。いつのまにかこの二人の男性たちに認められたいと思っていた。

レストランを出ると、目の前に駐《と》まっていたタクシーのドアが開いた。いつのまにか車を手配してくれていたらしい。

「どうぞ」

文香と一緒に少し遅れて出て来た重山さんが、タクシーの近くに立つイチローさんの横に並び、まるでホテルのドアマンを演じるように、少しお茶目に恭しくわたしたちをタクシーに誘《いざな》った。分かりやすくお姫様扱いされるのは心地よい。

ありがとう。気をつけて。おやすみなさい。ありがとうございました。こちらこそ。

リアシートに乗り込み、ドアが閉まり、歩道側のパワーウィンドウを開くまでの間に、短い言葉が行き交う。

文香が運転手に行き先を告げ、全開になった窓から、見送りの男性たちに、皇室の人のように、小さく手を振りながら少し斜めにゆっくりと会釈をするうちに、車は夜の町へ流れ込んでいった。

「たのしかったねー」

「ああ、よかった」

「美味しかったねー」

「はい。これ」

文香が差し出したのは、一風変わったポチ袋だった。

「なに？　これ」

形と大きさはまさにポチ袋なのだが、イタリアンモダンというか、鮮やかな色と直線的な抽象図形がデザインされている。

「わ、おしゃれぇ。銀座《ぎんざ》伊東屋とかに売っていそう」

そういいながら袋が膨らんでいることに気づいた。

「何、ピン札で二万円入ってる。どういうこと？」

「おつかれさまでした。今日のギャラです」

「ギャラ？　ギャラってどういうこと？」

「ギャラ飲みって知ってるよね」

「ギャラ飲みって……お金をもらって食事や酒席に同席することよね。ちょっと待って。さっきの食事は、重山さんとイチローさんが、わたしたちをお金で雇って同席させていた、というわけ？」

「そういうこと」

頭が混乱していた。

上品で誠実な男性たちと、すばらしいレストランで目にも美しい料理とワインを楽しむことができる機会に偶然に恵まれた。なんていい日なんだろう。今の今まで、そう思っていたのに。

「それってさ。わたしたち、お金で買われたってことでしょ」

タクシーの運転手が上半身を動かして、バックミラー越しに自分たちを見ようとした。

「ギャラも入ったし、軽く飲んでいこうか」

文香は運転手に行き先を池袋西口に変更すると告げた。

ワインを四人で三本空けていた。お酒はもうあまり飲めないけど話はしておかなくてはならない。

「ここでクールダウンしよ」

タクシーを降りた二人は、池袋西口に広がる繁華街の一角にあるスポーツバーにいた。

カウンターにはビールを注ぐタップが三つ。その後ろには大きなテレビがある。

大型テレビはフロアの三ヶ所にもあって、店のどの位置でどちらを向いていてもスクリーンが見えるようになっていた。

サッカーの試合が流されていた。片方はレアル・マドリッド、もう片方は知らないユニフォームだ。隅の方ではカットオフジーンズの若い女の子と、茶髪を後ろで束ねたストリートファッションの男がダーツに興じている。

「あなたが受け取ってしまったのならしょうがない。半分もらっておきます」

一万円札を一枚取って残りを文香に差し出した。

「全部、あなたのよ。わたしはわたしで別にもらってるから」

「え？　ひとり二万円？　極上のフランス料理をご馳走《ちそう》になって、その上、たった二時間半で、ひとり二万円のギャラ？」

「そうよ。それが相場、安い方ではないけど、そんなに高いわけでもない」

「ワインとフルコースの食事、四人分できっと十万円くらいはかかっているよね。その上に、文香とわたしに二万円ずつ？」

「銀座の高級クラブで飲むより安い」

語尾が下がる方のクラブ。

「つまり、わたしたちは外回りのホステスってことなんだ」

「ホステスって言葉に抵抗があるのなら、コンパニオンでもなんでも。ただし、あの人たちは水商売の人のような応対を望んでいるわけじゃない。そういうのがよければ銀座や六本木《ろっぽんぎ》に行けばいいんだから。ふつうに食事がしたいのよ」

「何がふつうの食事なのよ」

「病院の勤務医は、仕事がハードだから、予定を立ててプライベートを楽しむことができないらしいの。開業医ほど収入は多くならないけど、それでも年収で千二百万円くらいはある。でも、お金を使うヒマが全然ない。

日頃は体力ぎりぎりで働いた疲労を回復させるだけで精いっぱい。でも、何時間寝ても、ビタミン注射を打っても、それだけでは心の疲れは取れない。

　とまあ、そういうことらしいのです」

「わかる気はするけど、それでなんでギャラ飲みになるんだろう」

「ゴルフに行っても、同業の人とだと解放感を感じることができないとか。お金に糸目をつけずに美味しいものを食べるのがいちばんだって。でも、食事って、誰と食べるかが大事じゃない」

「それはそう」

「だから、一緒に楽しく食事できる相手が欲しいのよ。

でもさ、高いお金を出しても美味しい料理を堪能《たんのう》したいという価値観を共有できる相手ってなかなかいない。ほとんどの人は一回の食事に何万円も払わない。そういうレストランに誘われても困る。ご馳走すると言っても、遠慮される。男同士だとプライドもある。だから、奢《おご》られてくれる女性の方が誘いやすい」

「あの二人みたいなお医者さんならモテるでしょう？　食事に誘ったら来てくれる女性はいくらでもいると思うけど」

「モテるからめんどくさいのよ」

あ……。そういうことか。

腑に落ちた。

「デートの口実に、つまり、言い方を変えると下心があるときに、フランス料理が使われたりする。世の中の男女の間で高級フランス料理は特別な意味を持ってしまっている。だから、純粋にフランス料理を楽しみたいときでも、おいそれと女性を誘えない」

「なるほど。世の中、結構めんどくさいね」

「そこで、しがらみのない女性が必要なわけ」

「そういうニーズがあることは分かった」

でも、なんだかすっきりしない。

「莉奈、わたし、マネージメントしてるのよ」

「マネージメント？」

「芝居やっていると、みんなお金に困っているじゃない。男の人ならラーメン屋とか、大工とか劇場の大道具とか工事とかの現場仕事なんかするでしょ。女だったらわたしたちみたいに派遣社員でＯＬやるとか、居酒屋の店員とか、時給がいいスナックとかナイトクラブとか。水商売も多いよね」

そうなのだ。芝居を続けて行くためには、公演や稽古に参加できなくてはならない。小さい劇団ではほとんどのメンバーが別に仕事を持っているから、平日の夜や土日に稽古をする。それでも公演の直前には仕込みもある、ゲネプロもある。ホールを借りた短い期間で芝居を仕上げなければならない。残業のない仕事、休みが取れる仕事を選ばなければならない。だから、なかなか正社員で働くことはできない。

多くはアルバイト生活だ。

「雄介《ゆうすけ》君、知ってるでしょ」

懐かしい名前だ。劇団時代の仲間で長身でイケメンの小山《こやま》雄介。

「あいつさあ、ホストクラブへ出てるんだって」

「ホスト！　や、でも、似合ってるかもね」

「でしょ。普段は週に四日、店に出てて、自由に休みが取れる。でさ、ホストクラブのお客さんが切符もどさっと買ってくれるわけよ。そのせいで、シャネルのスーツ着た女性とか、毎日、最前列に座ってたりするわけ。香水の匂いが立ち籠めたりするんだよ。どっちかというと汗臭い芝居なのにさ。ま、匂いはちょっと雰囲気合わなくて迷惑だったりもするんだけどさ」

雄介のホスト姿は想像できた。シャネルスーツの女性が定員百二十《キャパ》の狭い小屋の最前列にいるのは想像できなかった。

「それで、思いついたわけ」

「ホステスやっている子ならいるじゃない」

「そうじゃなくて。雄介がホストでやっていけるのは、お客さんの反応に合わせて、肯《うなず》いたり話したり褒めたり、あるいは話題を変えたり、そういうことができるからなのよ。舞台をやっている人は、頭がいいし、機転が利く。話もうまい」

「確かにね。そもそも心をつかんで人を楽しませようと思っている人たちだものね」

「そう。アドリブ利くし、表情も仕草も、自分がどう見えているか、いつも意識しているし、空気に合わせた演技ができるでしょ。そもそも現場に強い」

「それはあるよね」

それから二人の話は、昔、一緒に出演した舞台のことになった。

ある時、誰かが台詞を間違えて一幕先へ飛んでしまって、このままでは話の辻褄《つじつま》が合わなくなる、三十分も芝居が短くなってしまうという大ピンチになった。でも、それを察知した出演者たちが、基礎練習でやるアドリブ芝居の成果を発揮して、二十分以上、アドリブで話を運んで、完全に辻褄を合わせたのだ。観客は誰ひとりその長い長いアドリブに気がつかなかった。それればかりか、たまたま観に来ていた評論家から素晴らしい脚本だと絶賛された。その場にいた俳優たちが衆目の前でやってのけた離れ業だった。

「劇団員は接客業にぴったりなのよ」

文香が話を戻した。

「美咲《みさき》もそうだったけど」

仲間の一人、美咲はアルバイトにホステスを始めた。短い時間で稼げて休みも取り易《やす》いから、女優にとっては都合のいい仕事だ。もともと主役を張ってた美人だし、あっというまに人気が出て、その店でナンバーワンになった。

だけど、結局、美咲は女優を辞めてホステスを選んでしまった。

退団したすぐあとの公演の初日だった。

開演前に栄養ドリンクを三ダース抱えて楽屋見舞いにやって来た。

美容院でセットし立ての髪、糸の細いシルクのようなストッキング、見るからに仕立てのいいスーツ。ホステスの私服。同伴出勤の服装。

それは彼女がもう自分たちとは別世界で生きていることを誰の目にも印象づけた。たぶん皆小さな羨望と反感を同時に抱いたと思う。それだけでなく、貧しい暮らしをしながらストイックに演劇を続けようとしている者たちの心をざわざわと揺さぶった。

良くも悪くもお金は人の心を変える力を持っている。

「お金は大事だよ」

異論はない。

「だからさ。効率よく稼げるように考えたの」

「それがギャラ飲みってわけ」

「だって、二、三時間で二万円だよ。居酒屋のバイトじゃ、夕方から終電まで働いて七千円がやっとでしょ。くたくたになって帰って稽古着洗う気力残ってないもん」

そうだ。稽古で着た汗まみれのTシャツを溜《た》め込んで何枚も腐らせたことがある。

やっと時間ができてコインランドリーに出かける。そこで袋を開けて強烈な匂いを嗅いだ時ほど、貧乏の辛《つら》さが身に沁《し》みることはない。一緒に洗った物にまで匂いが移ってしまって、その週が終わるまで、満員電車で自分が発する匂いが気になって身が縮む思いをしたこともある。隣にイケメンの男性が来たらなおさら。恋のチャンスが来ても棒に振る。

「ギャラ飲みだったら、食費が浮くどころか自腹じゃ食べられない豪華な料理食べたりワイン飲んだりして、午後十時前には解放されて、ピン札でドーンと二万円だよ」

「ちょっと、文香、悲しくなるから二万円にドーンととかつけないでよ」

さっきのレストランの淑女モードはとっくに解除されている。

文香はただ笑っている。

「他の劇団の知り合いも含めて、演劇関係の女性たちに声をかけて、わたしがマネージメントしているわけなんだ」

「マネージメントかあ」

「タレント事務所みたいなものね」

「やり手婆《ばばあ》ってことだよね」

「人聞きの悪いこと言わないでよ。売春斡旋《あっせん》してるわけじゃないから。話しながらご飯食べたりお酒飲んだりするだけだよ。お金取って握手するアイドルグループのビジネスモデルよりずっと上品だと思う」

「そっか」

彼女の言葉が胸に刺さった。

自分は地下アイドルだ。

このバーからほど近いライブハウスのアイドル・イベントで、月に二度、アイドルをしている。

約二時間のライブに四人が出演する。

もち時間は一人三十分。自分でMCを入れて五曲を唄う。そのうち一曲は多くの人が知っている歌のカバー。選曲は本物の「アイドル」たちの唄う歌。

残りの四曲はオリジナル。愛し合った男を最後に殺してしまったことを嘆く歌。嫉妬に狂って手首を傷つけ血を流しながら唄う歌。子供の父親を探して旅を続ける女の歌。わたしのオリジナルはどの歌もかなり大人っぽい。

他のアイドルを聞きに来ている聴衆にそれを聴かせてしまおうという目論見《もくろみ》だ。

実は歌唱力には自信がある。沖縄の血が流れている。ミスマッチを承知で、あるいは、ミスマッチを利用して、どれだけ彼らの心をつかむことができるのか、それを試している。

なんでこんなやり方を始めてしまったのだろうと、今でも迷っている。もっとふつうにステージに立つ方法だってあったはずなのに。

一種の一人芝居なのだ。でも、人間関係でいろいろあって芝居を捨てようとしたのだから、芝居小屋ではやりたくなかったし、いかにもシンガーソングライター然とした形でもやりたくなかった。

自分のやり方は、他の地下アイドルたちの表現方法とは相当違っている。けれど、地下アイドルの形式に従う。それはその箱のルールだし、様式を守ることが、他の出演者やイベント主催者への礼儀でもあると思うから。

インクジェットプリンターで作ったジャケットをかぶせた二曲入りCDを五百円で売る。その場で撮影したチェキを千円で売って握手をする（歌よりも、生写真と握手の方が値段が高いのだ）。

フリルのついた服を着たアイドルを目当てに来た男たちが、少し恥ずかしそうに自分の所に寄ってきて、チェキのフラッシュを焚《た》き、印画紙に像が現れてくるまでのほんの少しの間、会話をして、握手をして、また離れていく。

他の子たちのように猫なで声は出さない。握手の手を子供のように大きく振ったりしない。その代わり、真っ赤な爪をした指をねっとりと絡みつけるように、誘惑的に手を握る。じっと目を見て、粘液が糸を引くような手の離し方をする。

最初の二回、ショーが終わった後の販売《グッズ》の時間に誰も自分の前に来なかった。予想していたことだ。他のキャストに行列ができているのに、自分の前には誰も立たない。そのことに耐えられるかどうか、自分を試している感じも悪くないと思った。

三回目、一人の男が離れた所でじっと自分を見ていた。

十秒か二十秒、気がつかない振りをしながら、次に目が合ったときに作る表情の準備をした。

視線を向けると、案の定、男と目が合った。小さく驚いた表情を作った。男の瞳が輝くのがわかったが、男は目を逸《そ》らせた。

彼がもう一度こちらを見るのはわかっていた。

次に目が合った時、「いらっしゃい」と口の形だけで命令してみると、彼はゆっくりと前にやって来た。

「これね」とチェキを差し出すと、彼は黙ってそれを受け取った。

レンズが向けられた瞬間、女優の技術を使って、最高に誘惑的な表情を作った。

白い印画紙に赤い唇が最初に浮かび上がる。最後に完全な画になるまで、彼はひとことも口を開かなかった。

この写真を彼は今夜自分の部屋に持って帰るのだ。それで、フィクションが完結した。

「食事のあとに誘われたりしないの?」

「そういうときは別料金を申し受けます」

「でもさ、飲みに行くくらいならいいけど、ホテルへ行こうとか、ありそうじゃない。それも別料金?」

「ホテルへ行くのに料金を取ったら、売春になるから犯罪でしょ」

「でも、お客さんの中には期待する人もいると思うけど」

「理論上はいるでしょうね」

「実際はいない?」

「そういうことにならないように、お仕事の条件は毎回事前にちゃんと伝えているし、それを守ってくれるお客さんを選んでるの。今晩だって、重山さんと佐多さんはアフターにも誘ってこなかったでしょう?」

「そうだけど」

「赤の他人同士、家族でも友達でも恋人でもないのに、二人とか四人とかで、『楽しい食事』というタイトルのお芝居を即興で演じるわけよ。お客さんもステージに上げて、お客さん自身も演じながら楽しむ。何十人、何百人の観客じゃなくて、今日ならたった二人だというだけで、演じる場所が劇場ではなくレストランであるというだけでフィクションなの」

筋が通っているとは思った。

ただそれでも「男性からお金をもらって一緒に食事をする」と文章にしたとき、何かが引っかかる。

「じゃあ、中年男性じゃなくて、身寄りのない老婦人と海の見える別荘のバルコニーでお茶を飲みながら思い出話を聞いてあげて二万円をもらう、という仕事ならいい？」

どこが違うのか、うまく言えないけど、そっちの方がいいような気がする。

「そういうお仕事もあるの？」

「わたしのお客さんには、いまはいないけど、世の中にそういう仕事もあるというのは知ってる」

カウンターで歓声が上がった。レアル・マドリッドがゴールを決めたらしい。

さっきの店で飲んだワインが急にまわってきた。


シェ・モリワキで初めての食事をしてから二ヶ月後、重山たちからまた誘いがかかった。前回はピンチヒッターだったが、今度は自分に指名があった。

場所は西麻布の交差点に近い居酒屋。

前の時のレストランもそうだったけれど、東京・港区の中でも西麻布周辺は近くに鉄道の駅がないので、新宿《しんじゅく》・渋谷《しぶや》・六本木のような繁華街に比べて、行き交う人が少なく、その分だけ、落ち着いた雰囲気の店が点在している。

定九《さだきゅう》もそのなかのひとつで、道路に面した敷地から低い植え込みの間の石段を少し登った分だけ引っ込んだところに引き戸がある。

従業員に迎えられて足を踏み入れると、フロアは思いのほか広い。テーブルの半分以上が外国人、それも西洋人で占められていた。

内装は和のテイストだが、建物は新しく、実は機能的に作られている。近隣のビジネスタワーにオフィスのある会社の日本駐在のエグゼクティブや、大使館関係者が好んで利用するか、日本の会社が海外からのゲストを接待するのに使っている。そんな雰囲気だった。

今度はインターネットにホームページがあって、事前に店のようすを確認していた。飲み放題メニューがあるチェーンの居酒屋と似た品目に見えて、お造りも、だし巻き玉子も、写真だけでも丁寧に作られた料理だとわかる。

この店のメニューには値段が書いてあった。

地酒のメニューが何ページもあって、ほとんど聞いたことのない銘柄ばかりのリストの中から、最初は産地で選んだ。

「福島の復興を応援しようか」

重山が言い出して、最初は二本松《にほんまつ》や会津若松《あいづわかまつ》、それから郡山《こおりやま》という風に四人が福島県の蔵元の日本酒を選んだ。

その次からは、「熊本も応援しなくちゃね」と文香が言い、イチローさんは「神戸《こうべ》を応援するなら灘《なだ》の酒かな」と、それぞれが何かしら理由を言ってそれぞれに選ぶ。残念ながら出身地沖縄の酒はなかったから「京都の伏見《ふしみ》で」とか。

知っている酒を選ぶのは悔しいような気がして、初めて聞くような銘柄を頼む。するとどんな味か分からない。回し飲みをして、みんなで味見をしようということになった。

　六人掛けのテーブルにゆったり四人で席に着いていた。自分の左隣に文香が、向かいに重山が座っていた。

　回しのみのグラスは、届いたときの具合で右回りだったり左回りだったりしたけれど、そのたびに自分の口をつけたグラスが重山に回ったり、重山からグラスが回ってきたりした。

「これって間接キスだな」

　イチローさんが冗談めかして言う。

「それは別料金を戴《いただ》かなくては」

　文香が調子を合わせた。

　ただの冗談だったり、何かの期待を込めていたり、少しエロチックな気持ちを抱きながら、人生で何十回「間接キス」という言葉をやりとりしただろう。

　お金で雇われている関係であることは口に出さないのが原則だった。フィクションが演じられている真っ最中に、いまここで行われているのがフィクションだというのは興ざめになるはずなのだから。

　ただ、この関係が少しでもセクシュアルな方向へ進まないように、文香は冗談めかしながら釘を刺《さ》したのかもしれなかった。ここは恋愛の場ではないのだと。であるのに……。

いつのまにか、わたしは前に座る重山を意識していた。

グラスに口紅をつけないように極端に気にしつつ、グラスを手渡したときに、指と指が触れないように意識すると、逆に、わずかな距離を隔てた指と指の間に熱のようなものを感じる。

自分が口をつけたグラスの位置をそれとなく目で追い、そこに重山の口が触れるのではないかと見つめる。

自分がそうしていると、今度は自分がグラスを口に運んだときに、そこに重山の視線が注がれてくるような気がしてくる。

この妄想はちょっとまずいかもしれない。

そう思いながら、自分で自分の心を弄んでみようという悪戯心《いたずらごころ》が同時に湧いた。願わくは相手の心も……。そう、ここはフィクションの舞台なのだ。

フレンチ・レストランでは「あら、男女だからといっていちいち色恋なんて関係ありませんわ」という、上品で清楚な女のフィクションであったものが、違うシナリオで動き始め、それが止められなくなっていた。

「うん、これはちょっと甘口だね」「さらっとしているけど、味に芯がある」「芳醇《ほうじゅん》というのはこういう味のことかな」「イヤじゃない感じの微《かす》かな酸味が悪くない」「わ、微発泡」「ううむ、うまく言えないけどふつうに美味しい」

まるでソムリエのようにお酒の味を表現する言葉を探しながら、誰かが一つ頼む度に、七十五ミリリットルのグラスがテーブルを一周する。

輪の中にお目当ての人がいて、その人が自分の隣に来るまで、フォークダンスの輪から抜けることができないように、一杯一杯の酒が、密《ひそ》かな楽しみを運んでくるようになっていた。とりわけ、自分が注文者になってグラスの起点になれば、必ず次には右の重山に渡すことも、左に回して最後に重山が口をつけたグラスを受け取ることもできるのだ。

「こちら、金沢《かなざわ》の鏡花《きょうか》でございます」

莉奈の前に置かれた新しいグラスに、一升瓶からまた新しい銘柄の酒が注がれた。

こぼさないようになみなみと注がれたそのグラスをそっと持ち上げ、体をかがめて唇を寄せたとき、向かいの重山がじっとこちらを見ているのがわかった。

二度目の会食から一週間が過ぎていた。

ライブハウス「アイディーズ」。

池袋駅西口の繁華街の雑居ビルの地下にある。高校生のバンドも、おやじバンドも、代わるがわるライブをやっている。

週に一回、毛色の変わったライブの日がある。アイドルナイト。そう呼ばれている。ロックでもフォークでもジャズでもなく、バンドでもなく、女性たちが自分が歌うカラオケの音源をもって集まる。ただのカラオケ大会と違うのは、その誰もが自分のオリジナルソングのカラオケを持って「シンガー」としてやってくるのだ。

二週間に一度、アイドルナイトの日、赤嶺莉奈は「佐山穂乃花《さやまほのか》」として、アイディーズのステージに立つ。

今日はちょうど十回目のステージだった。

アンチアイドル。自分のパフォーマンスをそう位置づけていた。

アイドルであってアイドルではない。「アイドルの振りをした危険な歌手」をやってやろうと、その場所に潜り込むように活動をはじめていた。

固い言葉を使うなら、自分一人の演劇的挑戦……のような感じ。肩に力は入れない。こういうのがあってもいいかもしれない、とアイデアを試している。誰の合意を得る必要もない。思いついたことはすぐにできる。

何にしても、続けてみないと結果は出ない。

最初は他のアイドルの子たちに「なんでこんな人がここに出るの？」という目で見られて、楽屋でも冷たい視線を向けられた。それはそうだ。フリフリふわふわの服装の子たちに混じって、目の吊り上がった、西洋人が大好きなアジア人女性みたいなメイクをして、ぎりぎりまで大きくスリットの入ったチャイナドレスで登場したのだから。

そのスタイルのまま、アキバ系アイドルグループの歌を唄い始め、そのままマイナーに転調して、嫉妬で愛人を刺し殺す女の歌に続けた。

場内が静まりかえる。

まもなくざわめく。こいつ誰だ。何しに来たんだ。そんな空気だ。

そして、四分二十秒、少し長めの曲が終わるころ、客席のすべての視線が自分に注がれるようになる。

二度目、三度目になって、楽屋で話しかけてくれる出演者の子が出て来た。

グッズ販売の時間に、最初のうち怖がって遠巻きにしていた男の子たちが、何人か、おずおずと近づいてきて、ＣＤを買ってくれたり、チェキを撮って帰った。そんな時、たいていは「ごく普通のおねえさんって感じ」に振る舞った。ステージとギャップがある方がおもしろいと思ったから。

十回目の今夜、ステージに上がるととても自然で温かい拍手が湧いた。

このかなり偏った舞台に、違う方向に偏った自分のパフォーマンスが、自然にはまり始めていた。

ところが、MC無しのノンストップで続けて二曲目に入るところで、ボロボロに崩れてしまった。

ステージの後ろから観客席へ向けて、歌い手のシルエットだけが見える演出のための、「目潰し」と俗に言われる逆光のスポットが点《とも》った瞬間、明るく照らされた客席の中に重山を見つけてしまったのだ。

もちろん重山ではない。

彼はアイディーズでの自分の芸名を知らない。ここでやっていることすら知らない。初めての食事会で、地下アイドルをしていることを話しただけだ。

それなのに、客席にほんの一瞬、重山に見間違えるような人を見つけてしまい、思いもよらず動揺してしまったのだった。

困ったことに、自分が演じたフィクションが日常生活を支配し始めていた。

定九での二度目の食事会で、別れ際、店の玄関から通りへ降りる石段でふらついてしまった。「間接キス」のために飲み過ぎていた。危うく階段を踏み外しそうになった瞬間、彼は腰に腕を回して支えてくれた。

ほんの一秒か二秒のこと、ワンピースの背中に、彼の腕の形に体温を感じた。夏の雨の夜の湿度で、外へ出て一瞬で汗ばんだ背中に、彼の腕の形に沿ってワンピースの薄い生地が貼りついて、そして、ゆっくりと糸を引くように離れた。背中に重山の掌《てのひら》の形や腕の太さを感じてしまった。

その日、文香の誘いを断って西麻布からまっすぐ帰宅した。その道すがら、重山がどんな暮らしをしているのか、それに興味を抱いている自分に気づいていた。

今日も、心のどこかで、来るはずのない重山を客席の中に探していたのだと思う。

「あ、重山さん」

フロアで蠢《うごめ》く群衆の中に、わずかな重山の影を見つけてしまい、驚いて、瞬間、ときめいた。頭が真っ白になり、歌詞が浮かんで来なかった。録音された伴奏音源だけが無情に流れていく。かつての芝居のようにアドリブで挽回《ばんかい》する術《すべ》はなかった。

二曲目で大失敗をして、あとのステージは辛いものになった。

たったひとり、逃げ場のないところで照明を浴びながら、歌えなかった歌手として、そこに立ち続けなければならない。それから最後の曲まで、ぎりぎりこなした、いだけで、とても人の心をつかむことができるような出来映えではなかった。出番が終わったまま、すぐに裏口から逃げ出したかった。グッズ販売タイムになっても、居心地の悪さが消えることはなかった。チェキに写った顔はこわばって、それまで笑顔でごまかしていた「年齢」が輪郭に表れていた。

まずい。会いたいと思う気持ちが強くなっている。

衣装と売れ残ったグッズを収めたキャリーバッグを転がしながら、池袋のネオン街を歩いた。

重山への思いを意識するようになると、日常の中で、彼のことがますます頭から離れなくなった。

昼の事務の仕事でもミスが出る。食事に立ち寄った店で傘を忘れる。電車で駅を乗り過ごす。

クレジットカードの入ったカードケースをなくして、あちこちを探し回り、見つけられずにカードを無効にすると、なんと下駄箱のパンプスのなかから見つかった。

どうかしてる。ほんとにどうかしてる。

重山のどこに惚《ほ》れたのか。

誰かにそう聞かれたら、それなりの答えをするだろう。そこで思い浮かぶ言葉がどれも恥ずかしかった。自分ではなく友人の誰かが同じ言葉を口にしたら、「ごちそうさま」とだけ言って呆《あき》れて肩をすくめる。

文香に会って話をした。

彼女も肩をすくめた。

「こちらからは連絡できないの」

そう言われると思っていた。

「それはこの仕事の根幹に関わることよ。わかってる？　お客さんはお金で架空の関係を得ている。フィクション。現実から離れたところにお金を払う価値が生まれているわけ」

わかっている。わかり過ぎる。

「これはビジネスだから、クライアントから要請がなければ、こちらから望んで会うことはできない。いくらあなたが友達でも、連絡先は教えられない」

文香が企業家の顔をしていた。

「恋人紹介のビジネスではないの。その場限りの関係が欲しいからお金を払ってくれる。その場限りの関係だから仕事として会える。それ以上の関係は、呼ぶ方にも呼ばれる方にも重たすぎるのよ」

　それもわかる。

「また重山さんたちがあなたを呼んでくれるのを待つしかないよ」

「そして呼ばれても恋愛関係になるようなことはしない」

「そのとおり」

　しばらくのあいだ、水滴のついたアイスコーヒーのグラスを黙ってかき混ぜていた。

「まさか、あなたが重山さんを好きになっちゃうなんてね。間接キスでその気になっちゃうなんて高校生だよ」

「自分でも驚いている」

「定九で飲んだとき、危ないと思ってたんだ。あなた、妙にテンション高くて、次から次へとお酒頼んでたじゃない。目つきがとろんとしちゃってたし」

「お見通しだったか」

「場数踏んでますから」

「お客さんの方がこっちを個人的に好きになったりすることだってあるでしょう？」

「はい。ありますね」

「そうなったときには？」

「あなたさあ、まさかそれを期待しているわけ？」

「わたしね。中学校以来、人を好きになった時は、いつも自分から告白していたの。それなのに待つことしかできない。そんなの初めて」

「そういう問題？」

「男の方から言い寄ってきた時って、ろくなことにならないんだもの」

文香がきりっとこっちを見た。

彼女も知っている。わたしが演劇を辞めた原因。

劇団「シェイキング・ブル」で文香と一緒だった頃、公演を観に来てくれたある有名な演出家からアプローチがあった。とある大きな劇場で秋にやる予定になっている公演で主役にどうか、という話だった。

もちろん喜んだ。自分にもチャンスが巡ってきたんだと。

ところが、打合せと称してその演出家と何度か食事をするうちに、おかしな雰囲気になって、関係を迫ってきた。もしかしたら最初からそれが目的だったのかもしれないと思った。

　正直にいうと、一旦は迷った。

　このチャンスを逃していいのか。恋愛感情はなかったけれど、嫌いではない。演出家として尊敬している。恋人か愛人か知らないけど、この人と会っている間、そういう関係を演じればいいだけじゃないか。舞台の上では、恋人役だって夫婦役だってできるのだから、ベッドの上で観客がひとりの芝居をするだけのことではないのか。演技。芸の肥やし。

　いろいろな理屈をつけて、受け入れてみようとしたけれど、結局、断ることにした。製作発表の時、主役として名が挙がった別の名前をみて、これで良かったのだと自分に言い聞かせた。最初から体が目当てだったのなら、主役の話なんて嘘だったのかもしれないのだし。

　ところが、それだけでは終わらなかった。

「シェイキング・ブル」の演出家である佐島亮《さじまとおる》のところにその男から赤嶺莉奈を使うなという圧力がかかった。

　なんで、あいつは弱小劇団にそこまでするのか。

　佐島が苦悶《くもん》したのは知っている。演出家と役者として、それから個人としても、佐島とはしっかりとした信頼関係があったと思っている。外の人間に言われて、簡単に「そうですか、赤嶺莉奈は使いません」というようなことをする人ではない。だから佐島を恨んではいない。狭い世界で「彼」から睨《にら》まれると、佐島や、人気が出つつあった劇団の将来が閉ざされる可能性があったのだ。

それ以来、佐島は圧力に屈したことについて、わたしに負い目を感じるようになったみたいだった。

わたしもわだかまりを抱くようになっていた。

結果として演劇を続ける気持ちが萎えてしまった。

でも、そんなことで「表現」をやめることはできない。女優はわたしの生き方だ。あんな男にそれを潰されて……、息の根を止められてなるものか。そう思った。考えた。

自分は表現の手段として何をもっているのか。それが歌だった。

もう一度考えた。どうやって歌うのか。歌で何を表現するのか。

誰もやったことのない方法で、誰もやったことのない表現をしよう。

そう思って挑んでいた表現が、今日、たかが色恋でズタズタになったことにショックを受けた。

「穂乃花さん、彼氏とかいないんですか」

「わたしはいつもあなたのものよ。なあんてね」

あの日、アイディーズのグッズ販売でチェキの写真が浮かび上がってくるまでの間、お客さんとありがちな会話をしながら、情けない気持ちでいっぱいだった。ステージでちゃんと「あなたのもの」になりきれなかったのだ。

親が死んでもきっちり舞台を務める。それが舞台人の当たり前の自負であるのに、二度、金で雇われて一緒に食事をしたことがあるだけの男のことが気になってこの様《ざま》だ。


重山元彦についてわかっている情報は、国立大学を卒業した病院勤務の外科医であるということだけだった。

それだけわかっていればどの病院にいるのか調べがつくと思った。

思った通り、インターネットで調べると、重山元彦の名でいくつかの学術論文が検索に引っかかってきた。論文のＰＤＦはすぐに見つかる。共著者の中に目指す名前が所属とともに記されていた。

都内の私立病院のウェブサイトにアクセスした。

外来の担当医のリストが曜日ごとに掲載されている。その中に、重山元彦の名前があった。水曜日の午前九時から午後一時まで。

その場所に行かずにはいられなかった。

九時を少し回った時刻の総合病院は人でごった返していた。

世の中にこれほど体の悪い人がいるのかと驚く。

池袋駅から、バスで十分ほどで病院の敷地内に着く。駅からそこまで、停留所ごとに人が降りていき、やがて、バスの中は病人とそれを見舞う人ばかりになる。杖《つえ》を突いている人も多い。

降り口の段差を苦労しながら降りる人がいて、いちばん後ろの席に座っていた自分が降りるまでに、数分間の時間がかかった。

スライディングドアの表玄関を入ると、広いフロアはすでに人でいっぱいだ。どこも悪いところがない健康な自分のような人間がこの場にいることに罪悪感を感じながら、フロアマップを見つけて「整形外科第二」の場所を確かめる。

元気いっぱいに歩いてはいけないような気がして、少し背を丸めて歩幅を狭めた。

整形外科第二受付の横のディスプレイに、重山の名前を見つけて胸が高鳴ったが、ほんの一秒か二秒でスクロールして、画面は別の名前に入れ替わった。もう一度、同じ名前が表示されるのを待った。

〈重山 2診 9：00 7 8 11 15 16〉

「2診」というのは第二診察室のことだろう。九時の予約を診療中で、数字は待っている人の受付番号らしい。

受付の左手の廊下に「中待合」というのがある。ゆっくりと廊下を進んでみると、医師の名前が書かれた診察室の扉が並んでいる。大きな劇場の楽屋のようだ。それぞれの診察室に向いてベンチが並び、大勢の人が座っていた。

「2診」に「重山元彦」という名札を見つけて息を呑《の》んだ。

「7番の方、第二診察室へどうぞ」

スピーカーから聞こえてきたのは、まちがいなく重山の声だ。

立ち上がった人が診察室に入ろうとしていた。足を速めて、ドアに近づき、隙間から中を見ようとした。

中は明るかった。白衣の腕がチラリと見えたところで、ドアは閉まった。

ドアの前で立ち止まって深呼吸をする。

ドアを隔てて、わずかな距離のところに重山がいるのだ。

あ、という声と一緒に、後ろで音がした。

年配の女性が俯《うつぶ》せに倒れていた。脇に杖が転がっている。すぐに駆けよって抱き起こす。

「大丈夫ですか」

「すいません。どうもすいません」

おケガはありませんか。歩けますか。

拾った杖を手渡しながら、立て続けに話しかけた。老婦人は、ただ何度も、すいませんすいませんと繰り返した。

待合室の全員の目が、自分に集まっていると思うと背中が熱くなった。病気でも見舞いでもないのに病院に来ている自分が後ろめたかった。

「気をつけてくださいね」

ほとんど自分の照れ隠しのために、婦人にそんな言葉をかけると、足早に病院を後にした。

レストラン・ジャルディーノに入った時には小降りだった雨が、もうかなり強くなっていた。

大型の台風が近づいている。

昨日の予報で知っていた。今どこにいるのか、それは知らない。昨日の夜からテレビは見ていない。もちろんネットもラジオも。スマートフォンのアプリも起動していない。ただ、メッセージは受け取れるようにしている。

来るなら来い。こんなに日に嵐だなんて、むしろ出来過ぎているくらいだ。

時折、分厚い窓硝子《ガラス》を通して、ざざっ、ざざっと、壁かコンクリートに雨が打ちつけられる音がしている。テラスのテーブルは隅に片づけられていた。イスは四脚ずつ積み重ねられて、壁際に外を向いて並べられている。日陰を作るパラソルは畳まれ、風を孕《はら》んで開かないように、閉じた上からロープが巻かれていた。

公園に面したそのテラスの屋根のおかげで、今いる席の目の前のガラスまでは雨が届かない。それでも、テラスの中程まで吹き込んでくる雨で、テラスの床は黒く濡《ぬ》れている。

目の前に広がった芝生が明るいライトに照らされている。夏の雨に洗われてむしろ鮮やかな緑を見せている。

ただの芝生。数え切れない小さな個体の群生。それが輝いている。濡れた植物はなんて美しいのだろう。

重たい心に瑞々しいその色が染み入ってくる。

乾いた刺々《とげとげ》しい心に入り込んでエッジを少しだけ丸くする雨。

冷房の効いたフロアの空気も湿気を帯びている。

目の前に広がる南池袋公園はあたかもレストラン・ジャルディーノの庭のようだ。

繁華街のど真ん中にある公園。

朝はそこに近くの住人が散歩に訪れる。昼時には近くで働く人々が、自宅で作ったのかコンビニで買ったのか、弁当やサンドイッチを広げてくつろぐ。午後にはどこからか集まった子供たちが走り回り、片隅ではハイスペックなベビーカーを競うようにママ友たちが団欒《だんらん》する。

夕方が近づく。周辺の大学や専門学校に通う学生のカップルが、きれいに一定間隔で並びながら、日が暮れるのを待つようになる。日が沈んだ後、彼らはいったいどうするのだろう。

そして、どの時間にも隅に隠れるように、ホームレスたちもただ無為に時間を過ごしている。かつては彼らがこの公園で丸一日を過ごしていたらしいのだけれど、何年間も閉鎖された後、明るくきれいに改装され、午後十時には閉鎖され追い出される仕掛けになったと聞いた。

ただ、今晩は雨だ。

テラスにも公園のベンチにも、もちろん芝生の上にも、人っ子一人いない。レストランの窓際にも、一人テーブルについている莉奈と、もう一組の男女がいるだけだ。カップルは……、たぶん、カップルと呼んでいい関係なのだろう、ちょうど莉奈の視野の中にいるその一組は、女の方がずいぶんと若く二十八か三十かそのくらい、つまり、二十九歳の自分と同じ年代で、男はおそらく四十代、重山と同年代だ。

いったい二人はどういう関係なのだろう。

考え始めると、自然に自分と重山とに重ね合わせてしまう。

目の前のボトルからワインをグラスに注いだ。

ここは自分で注ぐレストラン。離れた所から見ていてタイミングを見計らって注いでくれたりはしない。観察されたくないし。

二杯目だ。ハチ公のようにじっと待つのは嫌だった。オードブル・プレートと、それに赤ワインを一本頼んで飲み始めていた。

風の音が聞こえていた。そして、遠くに、掻《か》き消されそうなサイレン。好きだ。けっこうみんなそうだと思うけど、台風が段々近づいてくるのを感じながら窓の外を見ているのが好きだ。

この天気なら、用事のない人は仕事を終えて、まっすぐに帰るだろう。終電はいつもよりずっと空《す》いているはずだ。雨や風を恐れず泰然と時間を過ごしてやろう。

病院へ行った帰り、バスで駅までもどるとカフェでサンドイッチを食べた。窓に向かって横に並ぶカウンター席のようなところで、スマホの充電をしながら、手紙を書いた。

文香さんと一緒に、二度、食事をご一緒した赤嶺莉奈です。どうしてもお目にかかりたくて、お仕事先にこうして手紙を書いてしまいました。

そんな内容の手紙だ。

あまりにも久しぶりに手紙を出すので、封書を出すのに何円の切手を貼ればいいのかわからず、郵便局の窓口で教えてもらった。たった一枚の切手を手渡される時、不覚にも赤面してしまった。

ギャラ飲みの女から手紙を受け取るってどういう気持ちだろう。

職業倫理を守れない。文香には申し訳ない。だけど、そもそも彼女がちゃんと仕事だと言わずに食事に同席させたのだ。

なんの用事だと思うだろう。好感を持たれることはないだろう。むしろ引かれるにちがいない。

手紙のこと。

病院の先生には個人名からの手紙が届くことだってあるに違いない。「人の役に立つ」仕事だもの。快癒した患者さんやその家族から感謝の手紙が来ることだってきっとある。もしかしたら秘書のような人がいて、その人が封を切るようなことはないだろうか。いや、秘書はプライベートも把握した上で仕事の部分をきちんとサポートする仕事だから……。でも、他人に見られるのは恥ずかしい。そうなのだ。これは恥ずかしい手紙なのだ。

ここへは来てくれないかもしれない。

今日、この時刻、勤務中かもしれない。

病院では外来の診察室に入る曜日と時間しか分からない。それ以外の日、休みなのか、手術の日なのか、重山の病院勤務のシフトがわからないまま、この時間を勝手に設定した。だって「いつがいいですか」などとは聞けないから。

南池袋公園に面した「ジャルディーノ」というレストランでお待ち申し上げます。

重たすぎないように、都合がつかないと断りやすいように、一方的に日にちと時間を決めて誘った。

公園の梢《こずえ》を揺らす風が変わった。

少し弱まったように感じるのは、風の向きが関係しているのかもしれない。

台風は今どこにいるのだろう。そう思うだけで、調べようとはしなかった。今日は、自分の運命を成り行きに任せる日なのだ。

ワインの残りは四分の一ほどになっていた。その割に酔っていない。

重山は現れなかった。メッセージも電話も来ない。

病院へ出した手紙に電話番号もメールアドレスも書いておいた。

今夜は当直かもしれない。救急外来で手が離せないのかもしれない。プライベートで会いたくないのかもしれない。時間で買っている女が所属を調べて手紙を寄越すなんて。

来ない理由はいくらでも思いつく。来ない方が、あたりまえなのだ。台風で風が吹き、雨が降るのと同じように。

あたりまえのことが予想通りに起きている。

それは自分への慰めのような気もする。

時計を見た。午後七時を二十分過ぎている。

約束は八時。いや、約束はしていない。わたしが勝手に指定した時間が八時。

マネージャーらしき男性が窓際の例のカップルのところで何かを言っていた。

彼の話が終わると、カップルは互いに目を合わせて「じゃあ行こうか」という口の形で肯いた。男の方が先に席を立った。

マネージャーがこちらに向かって近づいて来た。

「お客様、始めにお伝えしましたように、本日は台風で終電が早まっているということもありまして、恐縮ですが、まもなく午後七時半で、閉店させて頂きます」

え？　閉店？

「それ、初めて聞きました。七時半で閉店って、どなたからも聞いてないです」

「お席にご案内する者が、あらかじめ申し上げたはずですが」

「いいえ、聞いてません」

「それは大変失礼致しました。いま、申し上げたようなことでございまして。私共の従業員も帰宅させないと大変なことになりますもので」

押し問答をしてもしようがないようだ。

「終電が早くなるっておっしゃいました？」

「はい、池袋駅では、各線とも午後八時ごろで列車の運行を取りやめると聞いております」

知らなかった。ニュースも見ていないし、ネットにアクセスもしていない。

どうしよう。

これから起きることを想像してみた。

終電に目がけてきっとものすごい数の人が殺到する。巣へ向かう蟻《あり》の列のように人々が黙々と駅へ向かい改札に吸い込まれていく様を思い浮かべた。

それは鮮明な映像だった。であるのに少しも自分に降りかかる出来事だという実感がない。

台風の接近、それは知っていた。いつもならそれで、頻繁にテレビやラジオや天気予報のアプリでチェックするはずなのに、別のことで頭がいっぱいだった。

閉店時間のことをお客様に伝えてなかったの？

レジの横でマネージャーが従業員を小声で叱っていた。

また風が強くなっている。

テーブルの計算書の上にカードを載せると、それを待っていたようにマネージャーがやって来た。

「こちらの都合で、大変申しわけありません」

「いえ、台風ですから仕方がありません」

自分に言い聞かせるように言った。とにかく店を出なければならないということだ。

まだ八時まで三十分もある。

どこかで重山を待たなければならない。こちらから連絡する手段はないのだ。不躾《ぶしつけ》にこの店で待っていると手紙を書いたのは自分だ。このまま台風だからと帰ってしまうわけにはいかない。何より彼の顔を見たい。

支払のサインをし終わると、店にいられる理由がなくなった。

今のうちにトイレに行っておいた方がいい。気がついて良かった。

「ご来店ありがとうございました。お気をつけてお帰りください」

帰れないのだ。

雨が強かった。まだ傘は差せる。風に強い十六本の骨の傘に雨の当たる音がしていた。

途方に暮れる。今夜、彼と自分の接点はこの場所にしかない。

好きだとか、愛してるとか、そんなことは一言も書いていないけれど、事実上、好意を告白したのと同じだ。

今日、会えなければきっと永遠に会えない。もちろん彼が来てくれるかどうかはわからない。でも、来てくれた時、自分がここにいなければ何も始まらない。そして始まらないまますべてが終わるのだ。

食事の相手が欲しかったとしても、きっともう重山が自分を指名することはないだろう。

通りへ出るとすでに人の姿はまばらだった。コンビニの中にもあまり人影はなく、ガラス越しの異常な明るさがかえって寒々とした光景を作っている。

嵐の夜。

こんな夜に来てくれたとしたら、もしかしたら脈があるのかもしれない。

可能性は相当低い。断るために来てくれるだけかもしれない。黙って無視すればいいだけなのに、あの人は断るためにわざわざ来るような人だ。

でも、こんな嵐の晩には無理ではないか。

あの人だったら、来ないなら電話してくるような気がする。手紙に書いた。わたしの番号は知っている。

この時刻まで連絡がないということは、来るということなのではないか。

来ると思っているのか、思っていないのか。来て欲しいのか、欲しくないのか。自分で分からなくなっていた。

来たらどうしようというのだ。何かが始まるのか。それすら考えていない。ぼんやりしていると傘が煽《あお》られそうになる。丈夫で風で壊れない代わりに風をよく孕む。

待てる場所が必要だった。ジャルディーノの前まで戻ろうか。

まだ店の人たちは中にいるだろう。素通しのガラスのドアから店の前に立つ姿を見られてしまう。嵐の夜に、待ち合わせをしているらしい女が、店が閉まった後も店の前にいつまでも立っている。それは人々の妄想を掻き立てるだろう。

それが恥ずかしいのか、赤嶺莉奈。

自分を素材に妄想されるのは女優として悪くないよ。いや、女優は辞めたのだ。でもステージに立っている。

みじめな女に見える？　無言の嘲《あざけ》りのために消費される自分。ただ立っているだけなのに。でも、そうしたい自分がいる。

自虐？　なぜ、わたしはここにいるのだ。

何も考えず、会いたいという気持ちだけで、職場まで探し当て、手紙を書いた。

気味が悪いよ。そんなことをして、彼が「実は僕もあなたのことが気になっていたんです」なんて言ってくれるのを期待しているのか。あり得ない。それでも何もしないではいられなかった。どんな馬鹿なことでも、やらずにはいられなかった。理屈じゃない。こんなに理屈の多い女なのに……。

さっきから同じことばかり考えてる。

八時十五分前、レストラン・ジャルディーノに戻った。

もう店内に人影はなかった。早まった終電に間に合うように人急ぎで店を閉めたのだ。防犯のためだろう。間引かれた明かりが店内をぼんやりと照らしていた。カウンターにきれいに並べられたグラスがそれを反射して弱い光の列を作っていた。

公園にそのままつながるテラスの下なら雨を凌《しの》ぐことができる。

傘を畳んで軒下に入ると、それまで間近で雨を受け止めていた音が消え、雨が遠くなる。見わたす限り公園に人影はない。照明の光のビームの中を、小さなガラス片のように輝きながら雨粒が横切っていく。

右手に公園に面したラブホテルがあった。

窓が塞がれたその建物は人がいてもいなくても同じ佇《たたず》まいのまま電飾を輝かせていた。

嵐の夜には動物の本能が目覚めるのだ。

時計を見た。きっともう来ない。それでも待たなくてはいけない。待つのは少しもいやではない。嵐はむしろ心を癒してくれていた。

雨と風の音が都会の音を消していた。目の前には緑が広がっている。水と植物が支配している世界に、たった一人、立っているみたい。

外の世界はどんなだろう。

まもなく終電が出るという。

駅は人で溢《あふ》れているだろうか。通りに人はいるのか。

どこかで夜を過ごさなければならなくなった人が、コンビニのレジに並んでいるだろうか。

客を送り出し、従業員を送り出し、最後に店に残ることになってしまったオーナーは店に泊まるのか。

ネットカフェはとっくに満員であてにならない。

電車が出てしまえば、いつものようにタクシーを待つ人の列ができるだろう。街中に足を奪われた人が溢れて、いつになってもタクシーは「乗り場」なんかに戻ってこない。

嵐はいつも日常に無いものを運んでくる。そして今日の嵐は日常から電車を消し去る。

繁華街のど真ん中の公園は、巨大な口を開けて風雨を受け止めている。緑を囲むレストランが閉店しただけで、今、ここは外の世界から切り離されている。

風の音を切り裂くようにメッセージの着信音が鳴った。

ずっとその音を待っていたことを思い出した。

〈赤嶺莉奈さん、

連絡がたいへん遅れてすみません。

実は、今日は妻の誕生日なので、家で食事をする約束をしているのです。すみません。きょうはお目にかかることができません。

昨日のうちにでもお返事を差し上げるべきでしたが、急患や手術でバタバタしていました。

風雨が強まっています。どうか無事にご帰宅なさいますように。

重山元彦〉

三度、読み返した。

涙がこぼれてきた。

「重山さん」

大きな声で名前を呼んだ。少しぐらい叫んでも風が打ち消してくれる。

知っている。今のあなたに奥さんはいない。

同じ病院で産婦人科医をしていた奥さんがいて、去年、ガンで亡くなったんだって、待合室で待っている患者さんが言っていたのを聞いた。

「ご本人もご主人もお医者さんなのに、それでもガンには勝てないことがあるんだねえ」

年配の女性がふたりで、そんな会話をしていた。

それなのに、奥さんの誕生日だなんて……。

涙が止まらなかった。ありがとう。

「独身だと嘘をついてお金を払って若い女性と食事をした男」の振りをしてくれて、ありがとう。でも知ってる。嘘じゃない。あなたは独身なのだ。

好きになってしまったわたしに、恋人になれるチャンスはないと伝えてくれてありがとう。熱が冷めてわたしがあなたから離れられるように、悪者になってくれてありがとう。

今夜、わたしがここで何をしたかったのか、いま、わかった。

あの人に思いを受け入れて欲しかったのではなかった。

あの人に振られるために、ここで、あの人を待っていたのだ。

雨がますます強くなっていた。

これ以上激しく降ったら、早められた終電すら止まってしまうのではないかと思うくらい、激しくなっていた。

ジャケットを脱いで、風に飛ばされないよう、テラスの隅に片づけられたテーブルの下に置いた。

それから、芝生の方へ、一歩、二歩、足を踏みだした。

雨が肩に当たり始めたところで、芝生の真ん中まで走った。

見上げると、真っ暗な空から雨粒がキラキラ光りながら、勢いよく顔に落ちてきて、すぐに目を開けていられなくなった。

芝生が含んだ雨で、あっというまにパンプスの中がぐちゃぐちゃになった。

両手を広げて、全身に雨を受け止めようと、ぐるぐる回った。どうせ誰も見ていない。

観客は誰もいない。

でも、すべての明かりが自分のために点されている。

降り注ぐ雨と光を全身に受け止めるように胸を張った。

この雨は意外に温かい。でも、涙より冷たい。


ポーチの中で電話の着信音がした。文香からだ。

濡れた手で危うく落としそうになりながら、勇んで電話に出た。

「莉奈、いまどこ？　大丈夫？」

「池袋。なに、大丈夫って？　すごい雨だよ」

「元気？」

「元気だよ。どうして？」

「電車なくなるでしょ」

「平気、平気、なんとかなる。大人だから」

「元気ならいいけど。ほんとに大丈夫なの？」

「なに、大丈夫だって。それよりさ」

「それよりって、何よ」

「わたし、また役者に戻ろうかと思うの」

「え――っ、どうしたのよ。信じらんない」

「自分がほんとに何をやりたいか。わかったような気がするんだ」

「いいよ、いいよ。わたしも莉奈はアイドルより女優の方が似合ってると思うよ」

役者に戻るなんて、とっさに、自分でもびっくりするようなことを口にしていた。

自分がほんとうにやりたいことをやろう。

文香のおかげで張り詰めていた心がすっかり緩んだ。

テラスに戻り、傘を手に歩き始めた。十六本骨の傘を差しているのに中はずぶ濡れだ。

ドン・キホーテならまだやっている。

着替えを買って、すぐにトイレで着替えた。

上はTシャツ。下はカットオフジーンズとサンダル。どんな雨で足が濡れても気にならない最強のレインウェアだ。

第二話　デウス・エクス・真季奈

「ただいま」

ピンクの柄《がら》のついたトートバッグを無造作にテーブルに置くと、やたら大きな音がした。びっくりして思わず首を縮めた原因はその想像を超えた重さだ。

「お帰り」

音を聞いて白菜を刻んで鍋に入れていた光太郎《こうたろう》が振り向いた。手を拭きながらテーブルに来てそいつを持ち上げる。

「真季奈《まきな》、何これ？　めちゃ重い」

驚くのも無理はない。書店の雑誌コーナーの平台にあったその雑誌を片手で取ろうとして、うっかり落としそうになった。厚さも想像を超えている。

「『エクシー』、買ってみた」

光太郎の顔が引き攣《つ》ったように見えた。ブライダル専門誌に、誰かに大金を吸い取られる予感がしたのだろう。わたしだって怖かった。自慢じゃないが我々にお金はない。

怖かった。でも知りたかった。

　世の中のカップルたちがどうやって結婚式を挙げているのか。一生に一度の（一応現時点ではその予定である）ことだから、結婚式をやらなければならないのなら、ここは漫然と通過せずにあれこれ興味を満たさなければ損ではないか。

「しかし重いなあ。オヤジが毎月買ってた『CQ ham radio』より分厚い」

　光太郎のお父さんはコンピューターの設計をしていたエンジニアで、家で趣味の無線機を組み立てたりしていたという。光太郎もその影響でエンジニアになった。

「噂《うわさ》に聞く電話帳って、こんなだったのかな。見たことないけど」

　光太郎は袋から出すなり、その分厚い本をキッチンスケールに載せようとする。

「ちょ、ちょっと、無理だって！」

　遅かった。

「げ、軽く目盛振り切れた」

　慌てて止めようとしたのに。

「壊れてない？」

「大丈夫みたい」

　エクシーを降ろした彼は、そのタニタの秤《はかり》を指で押して目盛がちゃんと動くのを確認している。ブランド物の秤だ。壊れたら泣く。

食べ物や着る物を節約しても道具には金をかけるというのが光太郎のポリシーで、包丁とペティナイフは日本橋木屋《にほんばしきや》。以前はツヴィリングを使っていたが研ぐ時に手に跳ね返ってくる感じが木屋の方が好みで切れ味を出しやすいのだそうだ。

わたしにはさっぱり分からない。でも、彼の包丁で大根のパリパリサラダを作ると美味しい。それはもう舌に触れた瞬間に違いが分かる。

「同じ材料なのに使う包丁で味が良くなるんだからお得だろ」と得意気に言う。

「高いけど長く使えれば結局いい物を使った方が安上がりだし、第一、日常生活が楽しいものになる」

まるで包丁屋の店員のようだ。

実は光太郎のそういうところがわたしは好きだ。能書きをいいながらエヘンと心の中で胸を張るような感じがかわいい。

「ヘルスメーターじゃないとだめか」

どうしても重さを知りたくなってしまったらしく、彼は脱衣所にある第二のタニタへ向かった。

「三・三キロもある。厚さは別冊と附録を入れて八センチを超えている。これほど巨大な書籍は見たことない」

ジャケットを脱いでいる間に脱衣所からハイテンションの声がする。

「書籍じゃなくて雑誌だよ」

「あ、そうか。あまりにも分厚いので雑誌のような気がしなかった」

そうやってわが家にやってきたウェディング専門誌は、内容ではなく、最初に重量を計測されることで、存在感を得たのだった。

わたしが佐藤《さとう》光太郎のアパートに住むようになったのは三ヶ月程前だ。

四年ほど前からつきあっていて、時々、彼の部屋へ来ていた。

だいたい料理は彼が作る。しかもけっこう上手《うま》い。

「大事なのは探究心と分析力なんだ」

と彼は言う。世間で言う「男の胃袋を摑《つか》め」みたいなのは効果がない。実はわたしだって料理は割と得意ではあるのだけど、自分の部屋は散らかりすぎて、とうてい男を呼べる場所ではないので、自然とこっちが彼の家を訪ねることになり、結果的に腕を振るうチャンスはほとんどないというわけなのだ。

私は三年前に会社勤めをやめ、幼なじみの友人と折半で、Machina Ray《マキナ・レイ》というベーカリー・カフェをやっていた。

お客さんはみんな喜んでくれるけれど、収支はぎりぎりで、開業二年で売上げは頭打ち。給料としての手取りは月にだいたい二十五万円。会社員時代と似たような額だがボーナスもない。リスクを負ってやっているにしてはてんで割が合わない。

家賃十八万の古い店舗物件を自分でリノベーションした。自分たちの気に入るさっぱりとした空間ができた。雑誌に「おしゃれカフェ」として紹介されたこともある。

コーヒーの淹《い》れ方は専門店で半年働いて勉強した。コーヒー豆については豆を輸入している会社が開いているプロ向けの講習会に参加した後、合計で四十種類の豆について、挽《ひ》き方と淹れ方の組み合わせ六通りを試して、仕入れる豆と挽き方と淹れ方を決めた。

パートナーの玲《れい》はフランスに留学してパン職人《ブーランジェ》の国家資格をとっていた。類は友を呼ぶというけれど、彼女も研究者肌で、自分が使う小麦粉を探して、いろいろな産地を訪ねるくらいだった。薬学部を出ている。実験は得意なのだ。小麦粉を見て触ってみると、パンを焼いたらどんなになるか、イメージできるのだという。

努力が社会でいつも報われるとは限らない。

　空間と味には自信があったけれど、それと経営は別だということが、時間が経《た》つにつれて身に滲《し》みて分かってきた。

　甘い考えで始めたつもりはなかったけれど、店舗の立地について市場調査ができていなかった。

　立地によってベーカリー・カフェに来てくれる可能性のある客の数は決まっている。通りの向こうとこっちでも違う。開店当初こそ客足は急に伸びたけれど、一年を過ぎたころから、はっきりした成長が見込めなくなっていた。安いメニューもいい材料を使った豪華メニューも試してみた。折り込み広告を入れてみたこともある。ヨーロッパのパン屋のように朝早くから店を開けてみたこともある。

　町は発展していた。駅前の再開発で全体に客が集まって賑《にぎ》やかになり、店も増えていた。

　そのおかげで、図に乗った大家が家賃の値上げを通告してきた。

　ほら、このあたりは人が増えているでしょう。新しくできたところは平米いくらだ。向かいの店では三割値上げして契約更新したらしい。うちは良心的に二割しか上げない。だから二十二万円で更新してくれと。

　良心的に二割？

四万円アップだ。月によっては赤字になってしまう。自分の給料を減らせば、店を始めるために個人名義で借りた借金が返せなくなる。会社に籍があるうちに結婚資金だといって五十万借りたのを、少しずつ返してまだ二十万ほど残高があった。

安い家賃のおかげでなんとか続けてこられた店が、伸び悩みながらも踏みとどまっていた店が、大家の一言で続けられなくなった。

決断は早かった。そこは自分たちを褒めたい。

玲はフランス政府認定のブーランジェだ。雇われればいまの自分たちに払ってきた給料よりもむしろ実入りがよくなる。わたしは……薬剤師の資格を活かしてなんとかするしかない。

無理に続けて借金が増えてしまったらどうしようと不安を抱えているよりはいい。まだ若いからこそ、残りの人生を後始末にはしたくない。それが結論だ。

契約更新をしないと告げると、大家は驚いたような顔をしていた。

こっちが条件を飲むと疑っていなかったようだ。もしかしたらお金持ちの夫をもつマダム二人が趣味でやっている店ぐらいに思われていたのかもしれない。

「どうするんだ」

光太郎に店を閉めると伝えた時のことだ。

「とりあえずバイト探して、働きながら就職活動する」

「借金はいくらだ」

「二十万」

「貯金は」

「貯金は五十万」

「返しちゃえば？」

「いい大人が五十万円くらいいつでも出せるようにしておかないと。冷蔵庫と電子レンジとエアコンが次々に壊れるかもしれないし、誰かが結婚してご祝儀いるかもしれないし、海外旅行に行きたくなるかもしれない。最初にあった定期預金をなくしてしまうと、なんだか人生に負けたような気がする」

「後ろ向きな気持ちになるとしたら、それは良くないね。家の方の家賃は？」

「九万五千円」

「そっか」

言葉が途切れた。

光太郎が頭の中で計算しようとしている。いくら使えるか。

でも、わたしの収入は知らないはずだ。そもそも安定していないし。いくらぐらいか聞かないまま、計算してみようとしている。正解は、二十五万円引く九万五千円、そこから水道光熱費一万円、健康保険、年金保険料。苦しいよ。生活苦しい。欲望に負けないように自分を抑えて暮らしている。

「もっと安いアパートってわけに」

一瞬こっちを見て、「いかないよなあ」と腕を組んだまま黙り込んだ。

「俺んちに住んだら、家賃と光熱費の分、節約できるよ」

「え?」

長い沈黙の後の言葉。

まさか。もしかして。でも、聞き返していいんだろうか。

「結婚して、ここに一緒に住んだらいいんじゃないか?」

「だって、光太郎の部屋にわたしの居るスペースないじゃん」

「本、全部、処分しようと思ってたんだ。学生の頃の教科書とか、もう読まないし。

丁度いい機会だし」

「だって、本の部屋がいちばん落ち着くんでしょ? 読んだ本で今の自分ができてるって言ってたし、読んでない本が棚にあることで、目の前に未知の世界が広がるんだって」

なんで、彼のプロポーズを否定しようとしているんだろう、わたし。

「結婚するのいや？　それならしょうがないけど」

「じゃあ、してみるか」

照れ隠しに口にした言葉が、ちょっと偉そうに聞こえてしまうと思った。

「それ、イエスって返事？」

「しないほうがいい？」

「おまえ、性格悪いぞ」

「だって、わたしのそういうところが好きなんでしょ」

というわけで、（少なくとも表向き）家賃の九万五千円と水道電気ガスの基本料金分を節約することができる、という理由でわたしたちは結婚して、光太郎のアパートで一緒に暮らすことになったのだ。

冷蔵庫はわたしの方が新しくて電気代が安そうだったので、光太郎の使っていた方をリサイクルショップに引き取ってもらって三千円。ビデオデッキを友達に売って三千円。掃除機は千円。アイロン六百円。洗濯機二千円。そんな感じで知り合いに家財道具を譲り、店の什器《じゅうき》をお金に換えて折半したのが何万円かになった。可哀想《かわいそう》な玲は最後までパンを焼くオーブンを売らずに自宅に持ち帰りたがっていた。フランスまで行って、人種差別と女性差別に耐えながら修業して、やっと自分の店を持ったのだ。

家では置き場も電気のアンペアも足りない。場所を取るだけだ。最終的に売るという結論しかあり得なかった。業者が車に載せて運び出す時は、丹精込めて育てた牛が市場へ売られて行くのを見送るように、玲はうっすらと涙を浮かべていた。

おしゃれな店として雑誌に掲載された店の造作は大家にも評判が良く、次のテナントに居抜きで貸すからと原状回復の費用もかからず、敷金の五十万はそのまま返してくれた。ラッキーだった。あの大家のことだから、うちの店の内装をネタにして、わたしたちに提示した二十二万円より絶対高く貸すつもりだ。

幸いなことに戻った敷金と什器を売ったお金で借金を返しておつりがきた。

恵まれている。お金がないのにお金に余り困らない人生だ。

引っ越しのトラックを貸してくれた人の謝礼も出すことができた。手伝ってくれた友達に、焼肉をおごることもできた。

大事に育てた店は失ってしまった。

だけど、ほんとに幸運なことに、返した借金の分以上の経済的な打撃はほとんどなく、そのどさくさの中、瓢簞《ひょうたん》から駒で、わたしたちは結婚したのだ。

「あんた結婚するんやて？」

痛っ、母親だ。大阪の実家からの電話だった。

もう結婚は二ヶ月前にしてる。引っ越しも終わって、一緒に住んでる。

二人とも結婚式をするつもりなんかない。する前に母親に言うと、相手のお家《うち》がどうの、挨拶がどうの、親族へのお披露目は、結婚式はどうのとうるさいから、既成事実ができてから事後報告でいこうと思っていた。

そこで予想外に時間が経った。

婚姻届を出すだけかと思ったら、名前が変わると手続きが意外に面倒で、職安通いをしているうちに、あっという間に一ヶ月が経った。

戸籍だけじゃない。銀行、クレジットカード、運転免許、薬剤師の免許、パスポート、マイナンバーカード、生命保険、健康保険、住民登録、実印作り直して印鑑登録、いくつもの通販サイトの登録変更。そこで名前を変えるという作業によって、得られる対価は何もない、心底、実りのない何の得もない作業なのだ。

なんで結婚したぐらいで名前を変えなくちゃいけないんだ。バカヤロウと叫びながら、波打ち際をどこまでも走りたい気分だ。

光太郎が鈴木《すずき》に変えてもよかったけど、うっかり、わたしが佐藤に変えてもいいよと、言ってしまった。やってみてめちゃめちゃ後悔したけれど、どっちが変えてもどのみちもう片方に負担がかかるのだ。早く選択的夫婦別姓にしてもらいたいが、後の祭りだ。もう間に合わない。

一息ついて、さて、そろそろ話をしようと思ったところで、母に先手を打たれてしまった。せめて三ヶ月くらいは保《も》たせたかったのに。

「おかあちゃん、早耳やなあ。誰に聞いたん?」

「玲ちゃんのお母さんよ」

犯人はやっぱりあいつか。玲は幼なじみだから、彼女の実家もうちの近くだ。

「さよかあ」

話を繋いで、何をどこまで知っているのか、状況を把握することに努める。

「お相手はどんな人なの？」

「いい人だよ」

「そらそやろうけど、そんなことやのうて、勤め先とか」

ほら人間を勤務先で測るのだ。

「鉄鋼関係のカタイとこ」

製鉄会社の系列ではあるが、システム開発会社のソフトウエア・エンジニアだから、鉄ほどには硬くない。

「そう。よかったな」

伝えた会社名によく知られた鉄鋼メーカーの名前がついているから、とりあえず母も文句は言わなかった。本当はそこで働く派遣社員だ。

「家はどうするの？」

もうとっくに一緒に住んでいるなんて口が裂けても言えない。

「うん、彼が住んでいるところに一緒に住むつもりやけど」

「結納はいつ？」

「彼のところは、もうご両親とも亡くなってはるから」

「ああ、そう」

残念がっているのが声で分かる。

「引っ越しして落ち着いたら、そっちにも顔出すから」

もう三年、大阪の実家には行っていない。そろそろ一回ぐらい帰ってもいいか。

「そんな、結婚式だってあるでしょ」

やっぱりそこか。

「ご両親もいてはらへんし、他の親族との付き合いもなくなってるから、結婚式はしないつもりやねん」

「そんなのいけません。けじめはつけないと。わたしはええよ。わたしやあんたはよくても、旦那さんの勤務先の上司とかはちゃんと呼ばないと、出世にかかわるでしょ」

この人はほんとにめんどくさい。

「おかあちゃん、今どきは結婚式しないのも普通なんよ」

旦那さんの上司に部下はたくさんいる。派遣社員の結婚式に休日潰されてご祝儀まで払わされたら上司だって迷惑だ。

「そないゆうたかて、あんた……」

それから延々と不毛な押し問答が続いた。

「あ、おかあちゃん、悪いな。こっち、携帯のバッテリー切れそうやわ」

バッテリーより頭の血管が切れそうだった。通話時間三十二分三十三秒。とりあえずその場を誤魔化して電話を切った。

結局、結婚式をすることになった。

母ひとり娘《こ》ひとり、あんたを苦労してここまで育てたのに、花嫁姿も見られへんやなんて、わたしの人生一体何やったんやろか。須磨《すま》のおじちゃんかて、小さい頃からあんたをかわいがってくれたやないの。それなのに結婚式も挙げないなんて、わたしはもう人生の希望がなくなった。このまま死んでしまいたい。

最後は泣き落とし戦術に負けた。いや、ほんとに泣くような人じゃない。泣き落とし戦術は常套《じょうとう》手段なのだとわかっている。でも、まあ、あの人の気持ちもわかる。わかるけど……。

須磨のおじちゃんというのは、母の兄で、わたしたち家族と付き合いのある唯一の親戚だ。母が働きづめだったところ、わたしをいろいろなところへ連れ出してくれた。

おじちゃんが連れて行ってくれた一番のお気に入りは須磨浦山上遊園。ロープウエイとそれに続くやたらガタガタ揺れるカーレーターという二人乗りのケーブルカーでてっぺんまで上がって見た須磨の海の広々とした風景は今も忘れられない。大好きだったおじちゃんを引き合いに出されたのも、結婚式に合意した理由だ。

おじちゃんは、須磨というのは光源氏が居たところで、みたいな話をしてくれたけれど、その頃のわたしは光源氏を知らなかった。おじちゃんは今は静岡県の掛川《かけがわ》に住んでいる。でも、うちらの中では今でも「須磨のおじちゃん」のままだ。

「ごめんね。迷惑かけちゃって」

光太郎に謝った。

結婚式にお金を使うくらいなら二人のために使った方がいい。たまにはいい肉を買ってステーキ食べたいし、部屋に料理が届くような高級なところじゃなくて、自分で食堂まで出て行く旅館でいいから温泉とか行きたい。

「迷惑ではないよ。僕の両親はたまたま死んじゃっていないけど、生きてたらやっぱり結婚式して欲しいって言ったかもしれない」

こいつ、どこまでいいやつなんだろう。ちょっとじんときた。

とりあえず、いまのところ、彼と結婚するという選択は間違っていないと信じられる。

とにかく、そういうわけで結婚式をすることになったのだけれど、結婚式をするにはどうやったらいいのか、さっぱり分からなかった。そういう会話を誰ともしたことがなかった。

もちろん結婚式に出たことはある。

知っていた日常とは違う友人やその親戚の姿を見るのは楽しくもありうれしくもあった。それぞれが人生の新しいステップを歩み始めるのだという感慨もあった。新郎新婦の両親の姿を見て、親子というものについてしみじみと感じるものもあった。

一方、衣装とか料理とか招待状とか自分から見えるところだけでも、準備が相当に大変そうだと思っていた。

小学校に上がる前には「大きくなったらお嫁さんになる」なんて言ったことがあったかもしれない。けれど、大人になってからは自分がやろうなんてついぞ思ったことがない。当事者の目線で結婚式を見ていなかったことに気づいた。

目立つのは嫌いじゃない。学芸会では張り切っていたし、高校の学園祭ではレディ・ガガのモノマネをして人気をさらった。それでクラスのおとなしい男の子からラブレターをもらった。

けれど、大勢の前で誰かが決めた結婚式らしい結婚式をなぞるのが恥ずかしいという気持ちもある。結婚といういちばん私的なものを、晴れがましく主役のように多くの人の前で報告することの居心地の悪さもある。それを乗り越えて、主役を演じるわけだ。そのためには覚悟がいるのだ。

まず自分たち自身、結婚式の開催について、プロデューサーとして基本的な知識を得る必要があった。それで「エクシー」を買って来た。

買うとき、恥ずかしくて何度も書店の平台の周りを巡った。人知れず勇気を出して手に取って、重さと分厚さにびっくりしながらレジに向かうと、よりによって行列ができていて、エクシーを抱えたまま長い時間立っていなければならなかった。表紙を内側にして見えないようにして「別に、わたしが読むんじゃないし」みたいに振る舞った。

長く感じられた時間はせいぜい十分に満たないと思う。でもそれって「わたしもうじき結婚するんです！」という超プライバシーを周りに向かって叫んでいるようなものじゃないか。男の人がエッチな本を買うときも、これからすることを知られるから、きっとこんな風に恥ずかしいのだろうなんて思った。わからないけど。列の試練に耐え、レジという難関をくぐり抜け、その重さに打ち勝って、無事にエクシーを家に連れて帰ってきたのだ。

ページをめくった。ため息が出た。

結婚式費用の総額、平均三百七十七万円。

内訳、挙式料、装花、料理、会場使用料、控え室料、音響照明料、プロジェクター使用料、司会者、介添料、ドレス、ブーケ、引き出物、などなど、まだまだ、たくさん。お金の必要な項目が並んでいる。

最低限でいいんだ。

そう思いながら、三百七十七万円から何をどう削って、最低限へもっていくのかが分からない。そもそも最低限というのはいくらなのだ。いかようにもできるといっても、自由度がありすぎて、頃合いの最低限がわからないのだ。

人は人、自分は自分、そう思っても「ああみんなこういうことをやっているのか」「そういえば誰それの時にはこうだった」みたいな思いが浮かんできて、どんどん決められなくなっていく。

親にだけは相談しないと決めていた。

あの親は「みんながやっている」ことに弱いから、相談したが最後、あれもこれもとオプションで天こ盛りになり、平均三百七十七万円コースに近づいてしまう。結婚式なんてほとんど親のためにするようなものだけど、だからといって絶対に主導権を渡すわけにはいかない。

平均の金額なんて書かれたら、安い自分を情けないと思う人もいるだろう。母もそっちの人間だ。自分が立派な結婚式をできなかったことがトラウマのようになっている。

結婚式について経験豊かな新郎新婦はいない。みんな何も知らない初心者なのだ。その初心者に結婚と結婚式について親切に教えてくれるエクシーはいい雑誌だと思う。

でも「心温まるミニマルな結婚式」なんてページを作りながら、他のページではたいていの花嫁さんより美人でスタイルのいいモデルと腕のいいカメラマンによる膨大な物量攻撃で、あれもこれも金を使えと攻撃してくるのだ。親身になって相談に乗ってくれる振りをして、なんとか高いものを売りつけようとする訪問販売みたいに。

結局、迷い、揺れ動きながら、わたしはそのモデルさんの場所に自分を埋め込むことができなかった。

光太郎もあてにならなかった。「どうしたらいいと思う？」と聞いても「真季奈の好きにしたらいいよ」と返って来る。夕食に「何食べたい？」と聞いた時は自分で決めたくないから答えが欲しいのに、「なんでもいい」とそのままボールを投げ返してくる、そんなやつ。

別のタイミングでは彼が彼なりに考えたことを話してくれて、それを簡単に否定してしまって、彼が怒ったこともあった。

結婚式の相談をし始めてからケンカが絶えなくなった。結婚式の段取りでも、それ以外の些細《ささい》なことでも。

このままで自分たちは結婚生活を続けていけるのだろうかと、何度も不安になった。

光太郎もわたしも、自分たちが陥っているまったく本末転倒な事態に焦っていた。

このままでは結婚式のせいで結婚生活が破綻する。

エクシーを勢いよく閉じて、光太郎が席を立った。

「どこ行くの？」

「トイレだよ」

長いトイレだった。水の音が止まっても、なかなか出て来ない。

「いっそのこと、ホテルとか結婚式場にこだわるのをやめたらどうだろう」

いきなり扉が開いて第一声、光太郎が言った。

そうだ。ほんとにそうだ。エクシーから離れればいいのだ。

「どうしたらいいだろう」

いままで、なんとなく投げやりに見えた光太郎が、テーブルの上にスパイラルノートを広げた。料理のレシピとか、押し入れの中に作る棚の図面とか、どこまで光が広がるか光のコーンが描かれた天井から吊るライトの位置決めの図面とか、彼がいつも何かを考えるときに使っているノートだ。

本気になっているサインだった。

彼が変わり、私も変わった。

いやいや結婚式をするような気持ちになって、分厚いカタログから選ばされている感じがダメだったけど、自分で結婚式というイベントを作るんだと思ったとたんに、魔法にかかったみたいに考えることが楽しくなった。

「他にどんな場所があるだろう」

ブレインストーミングを始めた。

場所は？　レストラン、カフェ、ビアガーデン、体育館、公民館、どっかの長い廊下、小さな劇場、路地の突き当たり。

料理は？　中華、イタリアン、点心、バーベキュー？

構成は？　誰かがピアノを弾く。みんなで歌を唄う。持ち回りでへん顔をしてもらって、新郎新婦が写真を撮って回る。高校生の子たちにストリートダンスをやってもらう。

人前での花束贈呈はやめようね。母には感謝の言葉を伝えるけど。他所様《よそさま》の前でしなくてもいい。

全然決まらないけれど、次々にアイデアは湧き出てきた。ホテルや結婚式場の呪縛を捨てたら、やっと自分の式のプロデューサーになれた。

しかし、肝心の母親が問題だった。

あの人はエクシーに紹介されているような結婚式を望んでいる。わたしたちは何ヶ月もの時間やお金やエネルギーを、どうしてもそこに注ぎ込む気にはなれないのだ。

しかし、告知から当日まで、母が楽しみにする日々を過ごし、当日、会場に来て驚いたとしても、最後の最後には喜んでくれる、そういう結婚式を考えなくてはならなかった。

「堂島《どうじま》さんに相談してみようか」

「え？」

光太郎の意図は分かった。そして、その瞬間から、自分たちが催そうとしている結婚式が急にきらきらする予感がした。

佐藤光太郎、鈴木真季奈の両名は、このたび縁あって婚姻の契りを結び、夫婦として、新しい人生を歩み始めることに致しました。

つきましては、左記の日取りにて、結婚式、ならびに、ささやかなお披露目の宴を開くことにいたしました。

皆様方に於《お》かれましては、ぜひ、ご出席を賜りたく、ここにご案内申し上げる次第です。

記

日時　令和＊年八月二十八日　午後八時
場所　パルテノン・プラザ・銀座
　　　東京駅より送迎いたします

令和＊年六月吉日

　そんな書状を作って送った。

　正式には、実は一通だけ、大阪の母のところへ。

　静岡にいる須磨のおじちゃんには、「ご参考」としてメールの添付ファイルで。

　もう自分たちにとっては「結婚式」ではなく、別のものになろうとしていた。

「ほらやっぱり結婚式はやらんとな。せやけど、午後八時やなんて、ずいぶん遅いやないの」

　結婚式の次第には口を突っ込まずに任せろと突っぱねてきたけれど、案内状を受け取った母がさっそく電話をかけてきた。

「どうせ結婚式に来る人はほとんど都内やし、おかあちゃんもそやけど、遠くの人はホテル取って泊まりやから、夜でもかまへんやろ。夜の方がお金も安い」

立派な式を挙げろとは言うけれど、大阪の人になりきっている母は、安いという言葉にけっこう弱い。

「予算に合った式場が混んでいて、なかなか空いてへんし、安い方がええやろ」

「そらまあ、そうやけどな。せやけど……」

「その代わり、ちょっとびっくりするほど立派なとこやで。パルテノン神殿って知ってる？　古代ギリシャの神殿。アテナイに紀元前四百三十八年に出来上がってん」

「紀元前て、なんや知らんけど、えらい立派そうやな」

その建築が令和の東京にあるわけはない。古くて立派で神殿で古代ギリシャというキーワードで、とりあえず母は煙に巻かれてくれた。

幸いなことにこのプランは親戚づきあいがあったらできなかった。

うちの両親は岡山の田舎《いなか》から駆け落ちして大阪に逃げて来て、そこでわたしを産んだ。

もう故郷へは帰らないと腹を括《くく》り、生まれたときから大阪に住んでいるかのように、意識的に同化しようとしたのだと思う。近所の大阪ネイティブの人たちよりも、むしろこてこての大阪弁を話していた。そのせいもあって、わたしは中学生になるまで、自分の両親が岡山の出身だということを知らなかった。

淀川《よどがわ》に近い、十三《じゅうそう》の商店街の外れの古い家だった。

母がわたしを身籠もる前、両親はパチンコ屋に住み込みで働いていた。やっと借家に引っ越したところで、母はすぐに妊娠して、始めたばかりの賄い付きの居酒屋の仕事をやめることになったという。子供から手が離れるまで経済的にはかなり大変だっただろう。わたし一人で留守番ができるようになると、母は淀川の土手に近いラブホテル街で下働きを始めた。夜勤の時もあれば昼間働くときもあった。母は夜勤のある仕事の方がお金になると言っていたけれど、居酒屋の客で母目当てで通ってくる男がいると聞いて、父がそっちを辞めさせたのだという人もいた。

「あんたの母ちゃんは店でも人気者やからなあ」

そんなことを小学校に上がる前の小さな娘に言う大人がいたのだ。褒めているような言葉だったけれど、なんとなく喜べなかった。

留守番といっても家に親がいないというだけで鍵はもたされていた。わたしは昼のラブホテル街を抜け、河原《かわら》まで一人で遊びに行っては、石を積んだり鉄橋を渡る電車を見たりしながら一日を過ごしていた。

電車を見るのは大好きだった。待ちくたびれない間隔でやってくるから、ずっと見ていても飽きることがない。川の上に現れた電車はほんの数秒で橋を渡りきり、ビルの間に吸い込まれて見えなくなる。次に右から来るのか左から来るのか一人で予想する。いくつか続けてその予想が当たると超能力が備わったような全能感を抱いた。

時々、鉄橋の上で、長い時間、列車が止まってしまうことがあり、何だろう、そのいつもと違うようすに心がざわついたことを覚えている。

不思議なことに、当時、父がどうしていたのかについてはあまり記憶がない。キャバレーの黒服や、運転手のような仕事など、職を転々としていたようだ。

父が亡くなったのは大学の三年生の時だった。ちゃんとした会社勤めでもなく親戚づきあいを絶っていたこともあって、葬儀はせず、わたしたちは火葬場で父を見送った。それまでほとんど涙を見せなかった母が火葬炉の扉が閉められた瞬間、声を挙げて泣き始めた。須磨のおじちゃんが抱いて慰めていた。いつまでも動かない二人は、火葬場の係員だったか葬儀社の社員だったかによって、その場から押し出され、控え室で呼出を待った。

父は生命保険をちゃんとかけていた。ウエットなところはまるでなかった人だけれど、それが父なりの愛情だったのだろう。それからしばらく、母はむしろそれまでより楽な暮らしをすることができたようで、月に五万、仕送りをしてくれた。卒論のための実験でアルバイトを減らさなければならなかったから、そのお金でずいぶんと助けられた。

四年の学生生活で日常の生活費のほとんどを自分でアルバイトをして稼いでいたけれど、それでもわたしは両親のおかげで大学を出ることができた。就職もできた。自分たちの結婚が祝福されないものであったせいなのか、安定した仕事に恵まれなかったからなのか、母は「会社員の夫と専業主婦の妻」というふつうの生き方に強い憧れをもっていた。

女も資格を持っていた方がいいと薬学部進学を喜びながらも、大学に入った頃からわたしの生き方に干渉してくることが多くなった。

「製薬会社ならちゃんとした男の人がおるやろ」

「薬学部やからって、勝手に製薬会社に入ると決めんといて」

「男を見る目がないうちにあわてて決めたらろくなことにはならんから、むりに学生のうちに恋愛なんかせんでもええのよ」

「そんなん大きなお世話や」

薬学を学ぶこと自体を面白いと思い始めていたわたしは、結婚の相手探しに就職先を選ぶような言い方がひどくいやだったし、父との結婚を失敗だと思っているようにも聞こえて悲しい気持ちになった。

わたしは大阪に帰ることを選ばず、次第に母を遠ざけるようになった。

母に感謝する気持ちと同じくらい、彼女と話していると無性に苛立《いらだ》ってくるのだ。電話で話をしているうちに声を荒げ、切った後には悲しくなる。その繰り返しだった。


堂島さんが参加してくれて、着々とプランができはじめていた。

須磨のおじちゃんも重要なメンバーだ。時にはスマートフォンでリモート会議に参加してくれた。

そして、堂島さんの教え子たちと、光太郎とわたしの自慢の友人たちも、参列者で出演者で企画チームのメンバーだ。

堂島さんは、光太郎の高校の時の先輩で、池袋にある劇場の副支配人をやっている演劇人で、世田谷《せたがや》にある美術大学の先生もしている。

城南《じょうなん》美術大学、通称「城美《しろび》」、演劇舞踏デザイン学科・劇場美術デザインコース。わたしが光太郎の家に引っ越すときに、堂島さんが劇場のトラックを出して、自ら運転してくれた。アルバイトとして荷物を運ぶのを手伝ってくれた二人の学生は堂島さんの大学の教え子だった。

無事に引っ越しを終えてから、堂島さんにガソリン代を、学生たちに少ないながら日当を渡し、お礼がてら近所で焼肉を食べた。その日初めて会った学生たちともすっかり意気投合して話し込んだ。

堂島さんは建築学科を出てから舞台美術の世界に入った人で、池袋の劇場だけでなく、下北沢の劇場にも、学生たちを実習に送り込んでいる。

学生たちは自分たちが活動できる「場」に貪欲になっていて、アルバイトでもボランティアでも、とにかく舞台を作り上げるチャンスさえあれば、時間の許す限り参加したがっていた。

お芝居で使った舞台装置や衣装などは、公演が終わるとそのまま産業廃棄物としてトラックに載せられて廃棄される。堂島さんの判断で、再利用できる可能性のあるもの、単独で作品として展示できる可能性のあるものを、月島《つきしま》の運河沿いにある倉庫に保管しているのだという。

光太郎がそのときの話を覚えていた。

どんな結婚式にしようか考えているときに思いついた彼が、すぐに堂島さんに電話を入れた。

「引っ越しの時さ、堂島さん、学生の作品だという舞台の写真見せてくれましたよね」

堂島さんの名前が出たところで、わたしもピンと来ていた。

「実は、僕たち結婚式を挙げようということになって、お金はないけど真季奈のお母さんが喜んでくれる結婚式をしたいんです。いや、お母さんはごく普通の結婚式をやって欲しいのは分かっています。分かっていますが、ちょっとびっくりして、それでも感動してしまうような……」

………。

「え？　ほんとですか！　いいです。それいいです。すごいです。ぜひ、ぜひ」

電話の向こうの会話はわからない。なんだか光太郎がいきなり前のめりだ。

「信じられないなあ。ありがとうございます。はい。日にちは、大丈夫かどうか、こちらでも相談します……ええ、はい。お願いします」

向こうの話が聞こえない。じれったい。

「ではまた」

やっと電話が終わった。

「真季奈、すごいことになってきたぞ」

「何々？　早く聞かせて」

「池袋劇場の倉庫が月島にあるって話だったでしょ。そこが使えるっていうんだ。ただでいいって」

「倉庫で結婚式をするってこと？　ただはありがたいけど」

「ひとことでいえばそういうことだけど」

「まさか、そのひとことで終わる話じゃないよね」

「終わらない。始まるところだ。打合せもたくさんいる」

「じらさないでよ」

「結婚式場はパルテノン神殿だ」

「えええぇぇっ、そう来たかぁ」

五月に池袋劇場の公演を見た。

堂島さん自身が舞台美術を担当した新作で、舞台中央に赤い屋根の首里《しゅり》城があって、琉球《りゅうきゅう》王国の姫君と、アテナイの王子が、時空を越えた恋をする物語だった。

「嵐が来るの？」

「もちろん来る。大嵐だ」

その舞台ではクライマックスで、琉球王国を嵐が襲う。そして、その嵐が収まったとき、視界を遮る嵐の奥にあった首里城がパルテノン神殿になるのだった。客席から驚きの声が挙がった。ぞくぞくした。

堂島さんはそれを照明とプロジェクションマッピングの技術を使って舞台上に実現させたのだ。

「もちろん劇場は使えない。七月から始まった池袋劇場のお芝居が八月二十八日に千秋楽を迎える。いまの公演で使われている舞台装置は大きくてかさばるから、その公演が終わるまでに倉庫に入っているものを処分しなければならない。つまり、首里城とパルテノン神殿は跡形もなくなる」

「逆に言えば、八月二十八日まではならそこにある」

「そういうこと」

「わたしが首里城の姫君で」

「僕がギリシャの王子」

「冗談みたいだけど、ぜったい面白いよね」

「ほんとに冗談みたいだ。だけど、こんなので真季奈のお母さん、大丈夫だと思う？」

「三パーセントくらい自信が無いけど九十七パーセントは大丈夫だと思う。まじめに壮大にあの舞台装置で結婚式と披露宴をやってしまったら、だれだってきっとため息が出る。しかるべき人によって真剣に作られた表現には、有無を言わさない力があるから」

「そうだね。あの舞台を作った人がやってくれるんだし」

光太郎の言葉を、そうであって欲しいという希望を込めた「そうだね」だと、わたしは受け止めた。

「どうやって何をつくるか。おかあちゃんを連れてくるところから考えないと失敗するかもしれない」

「うん。導入部は大事だ。全体の進行を、参加できる学生と一緒に考えようっていうんだ。

城美学内の春の展示で、すごくいい立体作品があって、どんどん他にも見せないともったいないから、よかったら結婚式でも使ってくれって。

同じ学科の演劇舞踏コースにもいい学生がいるから、寸劇と踊りを組み合わせて、司会者役の神様《デウス》と絡ませる」

「堂島さんがそう言っていたの？」

「いま、僕が思いついた」

「でも悪くないよ、堂島さんに提案してみよう」


打合せを繰り返した。

焼肉を続けてご馳走する財力は無い。わが家が会議室になった。

居間にイスは三つしかなかったのを三千円で三つ増やした。ホームセンターの売り場にキャンプ用のディレクターズチェアーが千円で出ていたのだ。フレームは今にも錆《さび》が浮きそうな雑な亜鉛メッキだけど、逆に重くて無駄に丈夫にできている感じだ。三つ買って腕の筋肉に悲鳴を上げさせながらバスで持ち帰り、家で鍋をつつきながら「会議」をした。季節は夏に差し掛かっていたけれど、鍋が一番安くて、簡単で、みんなで食べられるのだ。

舞台装置のスケッチができて、静岡の須磨のおじちゃんを最初に画像通話に呼び出した時のことだ。

「あ、映った映った、ほんとに映ってる。へえ、なんだよ、映ってるよ」

「おじちゃん、こっちのみんな紹介するね」

「え？　こっちの顔も見えてるわけ？　なるほどそういうことか。便利な世の中だねえ。それにしても、狭いところに大勢集まってるなあ。みんなお友達か」

「そうだよ。みんな才能のある芸術家たちだよ」

おじちゃん、スマホはずっと前からもっていたけど、動画で通話するのは初めてのようだった。

「へえ、これがリモート会議とかテレワークとかいうやつなんだね。自分のスマホでできるなんて思ってなかったよ」

「今日は、これを見てもらいたいんだ」

首里城がパルテノン宮殿に変わるＣＧシミュレーションを見せた。

おじちゃんの顔が見る見る驚きの表情に変わっていく。

「え？　こんなことがほんとにできるの？　すごいな。俺んとこにも急に二十一世紀がやって来たって感じ」

「おじちゃんは、おかあちゃんをエスコートして、会場まで連れて来て欲しいの」

「いいよ。新大阪から来る新幹線の隣の席に静岡から乗ればいいよね」

「チケットこっちで取って送るから」

「わかった」

「わたしはハイヤーで東京駅まで迎えに行く」

「花嫁自ら迎えに来るんか」

「そう。演出上の理由でね」

「なんやわからんけど、面白いこと考えているらしいのは了解した」

「会場の名前はパルテノン・プラザ・銀座と招待状には書いてあるけどさ、それは架空の名前で、添付ファイルで送った地図のように、実は東京駅から隅田川《すみだがわ》を渡った月島にある倉庫なんや。でも暗くなってからなら神殿に見えるはず。GPSの位置情報で車が近づいてくるのが分かる。車が倉庫の正面に着いたら、扉が開いて、ショーが始まる」

「なるほど、そら、大がかりでワクワクするな。よっしゃ。まかしとき。あんたのかあちゃん、おれがしっかり連れていったる」

静岡人になって影をひそめていたおじちゃんの関西弁が全開になる。

「ありがとう。よろしくね」

テレビ電話が切れた。

「これで、導入部は決まりましたね」

堂島さんは用意したチェックリストの一行に赤線を引いた。


結婚式前夜。

二人ともテレビ画面に見入っていた。

台風が近づいていた。

大型で強い台風二十二号が九州南端を掠《かす》めて本州を窺《うかが》っている。

「まずいな」

「もう少しずれてくれればいいのに」

予報円の中心は、明日金曜日深夜に東京の真上に来る。少しぐらいずれても、結婚式の時刻に豪雨と強風に見舞われることは間違いない。

「いや、スーパーコンピューターの性能が上がって、最近では台風の進路の予想が外れることはほとんどない」

「いくらコンピューターのエンジニアだからって、そんなところに太鼓判を押さないでよ」

「事実は認めないと。でもさ、精度が高いということは対策も取りやすいということじゃないか。前向きに考えよう」

その発言、前向きかなあ。対策なんてあるのだろうか。

「俺たちが呼んじゃったな」

「そうだね。呼んじゃったね」

舞台の上の首里城を襲うはずだった嵐が、彼方から東海道を上って東京までやって来る。

日にちは動かせない。

池袋劇場の公演が終われば、次の日の夜には舞台装置が運び込まれてくる。午前中に、わたしたちが使うものをどけることになっている。月島の、あの『パルテノン・プラザ・銀座』は、たった一晩だけあの場所に現れ、次の朝には跡形も無く消えるのだ。

八月だから台風が来ても不思議はない。むしろ当たり前だ。でも、あれだけ綿密に計画を立てていながら、天候については何も考えていなかった。

誰だってそうだと思う。式場と日取りを決めるとき、自分の結婚式の日が嵐になるなんて考えない。でも、年に何回か台風や爆弾低気圧が来るのは当然のことだ。今まで考えたこともなかったけれど、台風で家に引きこもっていた日にも、どこかで誰かが結婚式をしていたのだ。

ホテルに向かう参列者の女性が持つ、衣装と靴の入った大きなバッグが風に煽られる様が目に浮かんだ。黒留め袖の裾を濡らす花嫁の母。濡れてしまった白足袋《しろたび》を控え室で履き替える人。落ち着かず、雨が打ちつける窓際を行ったり来たりする燕《えん》尾服《びふく》の花嫁の父。玄関で閉じた傘から流れ落ちる大量の雨。玄関に止まったタクシーに駆けよるドアマンが差し出した傘が風に煽られてぐらぐら揺れる。濡らしてしまった祝儀袋を取り替えるためにホテルの売店のレジで問い合わせる人。

自分の頭の中に浮かぶ「結婚式場」のようすは、どれもエクシーに書かれていた結婚式だ。自分たちの結婚式の図はそのどれにもあてはまらない。

成功イメージだけを、みんなで作り上げてきた。

光太郎の先輩後輩、わたしの友人、須磨のおじちゃん、堂島さん、そして、明日、スタッフとしてさまざまな仕事をしてくれる城美の学生たち。

安いけど、どんな結婚式にも負けない、みんなで喜ぶことのできる結婚式を作るのだというミッションは、いつのまにか、わたしたち二人の結婚式というより、むしろ彼らの舞台表現に変わっていた。

そこになんで台風が……。

誰の思いも一緒だった。


「新幹線止まるってよ」

「やっぱり来たか」

点《つ》けっぱなしのテレビの画面を見た。

東海道新幹線は明日の昼過ぎから順次運転見合わせとの文字が画面の上に出たままになっている。

五分おきに走っている新幹線だって遅れることはある。台風なら三十分の遅れは想定していた。でも運休はまずい。すべてが台無しだ。

「おかあちゃん、来れるか？　ていうか、絶対来れる代わりの手段を考えないと」

すぐに電話した。光太郎はホテルに、わたしは母に。

「おかあちゃん、明日、新幹線止まるんやて、今日中に来れる？」

「行ける行ける。そら娘の結婚式やもの。仕事も休んでる。もう荷物もまとめてあるで」

　そうだったか。実は前日入りしたくてしかたがなかったのだ。

「光太郎が宿取ってくれてるから」というと「旦那さんを呼び捨てにするやなんて」と文句も忘れずに言った。

「ホテルも取れた。お母さんの分と、おじちゃんの分。危なかった、電話がなかなかかからないから、みんな殺到していると思ったけど、偶然、キャンセルで空いた部屋が出た」

「誰か、ホテルの結婚式やめにしたからかも」

「そうかもな。普通はやめるよな。やめないのは俺たちぐらいかも」

　自嘲気味にも聞こえた。まだ成功の見通しは立っていないのだ。

　おじちゃんは用事を済ませてからでないと出発できないということで、母とは別の新幹線で来ることになった。

「今度は明日の終電が早くなるって」

「午後八時って、こっちは始まる時刻じゃない」

「敵はドンピシャに重ねて来たな」

参加者やスタッフが帰れなくなる。最新鋭のスーパーコンピューターが、終了時間に、東京の真上に台風が居ると言っているのだ。

行きも帰りもタクシーは掴《つか》まらないだろう。道も混みそうだ。ケータリングはちゃんと届くだろうか。

母親以外の参加者やスタッフの集合は午後四時。軽く流してゲネプロをやる。ケータリングは午後六時の搬入予定を一時間早めてもらうことにした。

夕方、最終確認のために、わたしたちは胸に不安を抱えたまま倉庫へ向かった。

倉庫は見違えるようだった。

初めに下見に行ったときには、広い空間の隅に、使い終わった書き割りや立体が整然と仕舞い込まれていた。そこが今ではすっかり劇場然としている。大きな吊り戸から入った正面に書き割りがある。白地に所々ドローイングのように黒で線が描かれていた。本当にこれが首里城になるのか。

建築現場で使う鉄パイプで枠が組まれ、脚立を使ってそこに照明器具を取りつけているところだった。四隅には黒いスピーカーが据えられている。天井には何ヶ所かに移動式の滑車がついている。

参加メンバーで対策会議を開いた。

議長は堂島さんだ。

「まず確認事項から。

いつも言っているが、現場ではすべてが想定内でなければならない。想定外のことが起きるのは、想定しなかった自分が悪いのだ」

みなが黙ってうなずく。

「台風は来る。開始時に風速十五メートル以上になる。雨も強くなる。

幸い午前中までは風は強まるが雨は降らない。

建屋の外のケーブルは風で動かないように二メートルおきに土嚢《どのう》で押さえておく。外のプロジェクターの防水対策と強風対策を忘れずに。これは映像の山田《やまだ》の担当。

扉が開いたときに、吹き込んでくる風で、書き割りが倒れる危険がある。ワイヤーでステーを張る。これは装置の二人だ。

照明を吊るフレームも強度の確認を頼む。高い所の作業になるから装置と照明でうまく協力してやってくれ。

入り口近くは開いたときに雨が入るから、照明のケーブルの引き回しは近道をせずに奥へ迂回《うかい》させること。担当の三島《みしま》、よろしく。

スピーカーのケーブルも同様。高津《たかつ》、よろしく。風の吹き込みを考えて楽屋の位置をずらした方がいいと思う。ハンガーが倒れないように。吉沢《よしざわ》」

堂島さんは、次々に指示を出していく。

その手際の素晴らしさに舌を巻いた。この人に見えている現場のなんと緻密なことだろう。そして、彼の指示を受け取る若者たちの眼差《まなざ》しの真剣さに感銘を受けた。和やかに鍋をつついていたあのメンバーが、ここではまったく別の顔を見せていた。

「みんな、以上でいいかな」

堂島さんがメンバーを見わたした。

「すいません」

「なんだ」

「建屋の入り口は吊り戸になっています。外から風を受けると、内側に押されます。スタートのところで、一気に扉を開けたいのですが、かんぬきが抜けにくくなってうまく開かなくなる可能性があります」

「なるほど。ありがとう。そこには気がつかなかった。誰か、この件に関していいアイデアあるかな」

討議が続いた。いろいろな意見が出た。知恵を集めているのと同時に、知恵が生まれていた。それを頼もしく、そして敬意を持って聞いていた。みんなすごい。この場で何かが生み出されようとしている。

「最後に聞いてください」

会議が終わる頃、製作兼衣装の鏡《かがみ》さんのよく通る声が割り込んだ。

「重要なことをお知らせします。明日は台風が来ます。首都圏の鉄道各社は午後八時以降、運行を休止すると発表しています」

どうしたらいいのだ、帰れないじゃないかと、小さなどよめきが起こった。

「すみません。ホテルにはもう空きがありませんでした。その代わり、この場所に泊まれます。寝袋、調達できました。自由に使ってください」

「それって、今日も泊まっていいという意味ですか」

こちらは申し訳ないと思ったのに、意にも介していないという反応だ。

「あ、それは想定していませんでしたが、本日も大丈夫です。泊まれます。他に泊まる人いますか？　飲み物と食べ物を準備しますので……」

物事が気持ちいいほど実務的に進んで行く。舞台はこうして作られていくのか。

ホテルだって舞台裏では多くルーティンとして、たくさんの確認作業が行われているのだろう。でもお金を払うだけのわたしたちにそれは見えない。

ホテルの結婚式もショーの一つだ。

ただ、どの結婚式も用意されたオプションの組み合わせで、三百六十五日繰り返されていく。この倉庫では、堂島さんのチームによって、たった一回しか上演されないショーが作り上げられようとしている。

結婚式は「やらない」から「母のためにやる」に変わった。そして今では光太郎もわたしも、結婚式を作ることを楽しみ始めている。

「みなさん、本当にありがとうございます。よろしくお願いします」

頭を下げて、その場を後にした。

母とおじちゃんがそれぞれホテルにチェックインしているはずだった。今夜は一緒に食事をすることになっている。光太郎との初顔合わせでもある。

台風のおかげで、期せずしてふつうの結婚の手順に乗ってきていた。

「なんかわたしたち幸せだね」

「うん。すごいメンバーと一緒なんじゃないかと思い始めてる」

「もう、結婚式なんてものじゃなくて、この人たちの作品だよね」

食事の席では、光太郎も須磨のおじちゃんとすっかり意気投合して、お酒を注ぎ合っていた。その夜の新郎新婦と親族二名の顔合わせは楽しいものになった。

「食事の会計はおかあちゃんがします」

母は頑としてそれを譲らなかった。


夜が明けた。いよいよ結婚式当日だ。

ほとんどのメンバーとはもう一緒に時間を過ごしているが、さらに何人かの友人が加わる。そして純然たる「招待客」はわたしの母一人。

須磨のおじちゃんもサプライズを仕掛ける側のグルだ。ショーを作るメンバー、そして、部分的に知っていて、ショーに加わってくれる友人たち。

とにかく心配なのは台風だ。

ホテルの周辺で、月島まで行く道で、倉庫の中で、何が起きるかわからない。すべて想定したはずだ。それでもテレビを点けてしまうと不安になってくる。どんな台風が来ようと、やること、できることは決まっている。それをやったらあとは腰を据えて台風を待つしかない。台風には勝てない。頭を低くしてうまくやり過ごすだけだ。

エアコンが効いているはずのホテルの部屋の空気も、なんだか湿り気を帯びている。

テレビの中の通天閣《つうてんかく》が強い雨に煙っていた。

町を行く人の足元で大粒の雨が跳ねていた。そしていつもテレビ局が狙っている誰かのビニール傘が風に煽られて壊れる映像。

まだ雨にはなっていない湘南に打ち寄せる波。波を求めて鎌倉材木座《かまくらざいもくざ》に来ているサーファーももう引き上げようとしている。漁船の舫《もや》いロープを確認する漁師。

和歌山で増水した用水路。

「急に大きな波が来ることがあります。けっして岸壁には近づかないでください。洪水が予想される地域では早めに避難してください」

母を先に来させておいて良かった。

今日の日没は午後六時十四分。薄明が続いて真っ暗になるのはおよそ午後七時。そこから、わたしたちの結婚式が始まる。

ついに東京にも雨が降り始めた。

わずかなあいだに雨足が強まっている。

城美のファッション科の人が作ったというウェディングドレスを身につけた。奇抜なデザインの服を着ると、パリコレの花道を歩くファッションモデルになったような気がする。

鈴木真季奈改め道端《みちばた》・ニコル・真季奈、ちょっと気取ってキャットウォークに見立てた部屋を歩いてみる。タキシードの光太郎がうれしそうに見ている。

メイクの友達が来てくれた。

「おお、すごい。テンション上がるなあ」

衣装を見て、闘志が湧いたらしく、思ってもみなかったモデル顔に作ってくれた。

〈現場、順調です。お待ちしてます〉

メッセージが入った。

〈ドレス、メイク、完了。よろしくお願いします〉

〈ケータリング、搬入完了。台風でキャンセルになったパーティの料理もオマケで付けるのに成功したよ。楽しみにしてて〉

〈玲ちゃん、ありがとう〉

料理は玲がブーランジェとして就職したレストランに頼んだのだ。搬入してセットアップが終わったら、楽屋で着替えて参加してくれるはずだ。

窓に雨が打ちつけていた。

テレビには早くなった最終電車に間に合わせようと駆けつけた乗客でごった返す駅のようすが映されている。

電光掲示板には終電が早まっていることが繰り返し表示されている。

駅員がメガホンをもって誘導している。

池袋駅に向かう人々の長い列。渋谷のスクランブル交差点。人が溢れそうな東京駅丸の内口。新橋《しんばし》駅前ＳＬ広場でインタビューに答える会社員。

光太郎がリモコンを手に取ってテレビを消した。

「そろそろ下に降りようか」

わたしは口角を引き締めてうなずいた。

「おかあちゃん、そろそろ出発やで」

母の部屋と須磨のおじちゃんの部屋に電話をかけた。

いよいよ始まる。

ロビーも混雑していた。

濡れたサムソナイトを傍らにフロントで話をしている外国人の英語が聞こえている。入り口から入って来た人の傘の袋の底に見る見る雨が溜まっていく。

黒留め袖の母がやって来た。

「真季奈、モデルさんみたいや。かっこええわ」

スマホを覗き込んでいた知らない人がこっちを振り向いた。

「おかあちゃん、恥ずかしいから大きな声出さんといて」

「ほんとに似合ってるよ」

静岡にいる須磨のおじちゃんは気取って標準語だ。

光太郎がコンシェルジュに声をかけた。

「かしこまりました。お車お呼びします」

台風が来なければ、母を出迎えた東京駅で乗るはずだったハイヤーが待機してくれているはずだ。

「佐藤様、お車が参りました」

「ほら、おかあちゃん、行くで」

光太郎が助手席で、わたしは後ろの席の真ん中、右がおかあちゃん、左がおじちゃん。

四人が乗ったハイヤーがホテルのエントランスを出ると、雨は本降りになっていた。

「やっぱり銀座はきれいやね」

母の言うとおり、忙しく動くワイパーの先に夜の銀座の明かりが見えている。

〈ホテルを出ました〉

メッセージを送った。

これ以降、わたしのスマホのGPSを通じて、堂島さんのタブレットに、車の現在地が表示されるはずだ。

数寄屋橋《すきやばし》交差点の赤信号で止まった。風が出てきて、ときどき大きな音で雨が屋根を叩《たた》く。

「こんなガラス張りのビル、台風でガラス割れたら大変やね」

正面の不二家も右手のBALLYも、確かにガラス張りだ。

「おかあちゃん、左、歌舞伎座よ」

「ほんとや、これ見たら東京来た感じがするわ。道頓堀《どうとんぼり》の松竹座は西洋建築やからね」

ここ築地《つきじ》。ほら、これ、勝鬨橋《かちどきばし》。下は隅田川。

雨でよく見えないけれど、今夜のショーは東京案内が導入部なのだ。

風はけっこう強い。

「ああ、ライトアップ、きれいやね」

「デートスポットや」

「あんたらもここでデートしたん？」

「してへん、してへん」

ちょっと顔が赤くなったけど、暗いから見えないはずだ。

車は晴海通りを左に折れて月島もんじゃストリートに入った。

道が狭くなると風が弱まるけれど、雨は変わらず降り続けている。

「よう降りよるなあ。なんか、下町に来てるけど、式場は銀座とちがうの？」

「大丈夫、銀座やから」

雨が強くなってよく見えないのはかえってよかったかもしれない。

もう一度、角を曲がる。

いよいよ正面に倉庫の敷地が現れた。

速度を落として、ゲートをくぐる。

「ちょっと、何これ！」

建屋に向かった途端、正面にパルテノン神殿が現れた。車の位置を見て、堂島さんがプロジェクターのキューを出したのだ。

投影機と建屋の間に降る雨が、ラメのようにキラキラ光っている。建物を巻いて吹く風で、大粒の雨は宝石の群れのように視野を横切る。神殿にぶつかる。

車はゆっくりと神殿に向かった。

吊り扉が少し左右に割れた。

なかなか開かない。車のリアガラスに雨が激しく打ちつけている。風圧で開きにくくなると言っていた扉。

どうか、開いてくれ。

わずかに動いている。思わず拳を握りしめる。足に力を入れる。固唾《かたず》を呑む。

風がふうと息をついて弱まった。

その瞬間、扉は一気に左右に割れた。

車がそのまま中へ進む。

風雨が当たらなくなって静かになった。

その瞬間、音楽が流れ、正面に赤い首里城正殿が現れた。左右から飛び出した男女が、車に向かって駆けてくる。

左右から扉を開けたと思うと、左の扉からおじちゃんを、右の扉からおかあちゃんを降ろし、首里城前の広場に用意された椅子に誘《いざな》った。

荘厳なオーケストラが高い天井に響き渡り、首里城正殿前に並べられた椅子に、どこからか現れた式の参列者たちが着席する。

わたしと光太郎はどさくさに紛れて舞台の袖に移り、陰からそのようすを見ていた。

母は驚いたようすで、きょろきょろあたりを見回している。

よかった。成功だ。光太郎がわたしの肩に手を置いた。その手がとても温かい。

どこからか沖縄の太鼓とエイサーの男たちの声が響く。

それを掻き消す鋭い雷鳴、そして、閃光《せんこう》。

一瞬、首里城正殿が眩《まぶ》しく輝くと、舞台は暗転した。

暗闇に浮かぶ首里城の残像が網膜から消えていくほんのわずかな時間のあと、雨の音とともに激しい雨が降り始める。

思わず肩をすくめ目を細めてしまうが濡れない。プロジェクションだ。

天から舞い降りるラメが光を受け、キラキラとガラスのように光っている。緩《ゆる》い風が頬に届く。激しい雨音と風の音で、その風が暴風のように感じられた。

参列者の何人かが思わず声を挙げた。

雨の奥に、残像のような色あせた首里城のようなものが見えていて、つい目を凝らして、それが何であるか見極めたくなる。

遠くに聞こえるのは荒れ狂う波の音だろうか。

風の奥に微かに聞こえていた音楽がしだいに大きくなり、やがて嵐の音と光がフェイドアウトすると、目の前に浮き上がったのは、赤い首里城ではなかった。現れたのは真っ白なパルテノン神殿だった。

神殿の荘厳さに圧倒されているうちに光が落ち、漆黒の空間に、天井から落とされた一条の光が、舞台中央に明るく眩しい円を作る。

闇をすり抜けたわたしと光太郎が、その円の中に、暗闇から湧き出たように入ると拍手が起こった。母も手を叩いていた。

「我、この日のために、オリンポスの山より嵐の町に降りたるデウスなり」

どこからか声がする。

声のする場所を探すように三本のピンスポットが大きく動いていた。

やがて三本の光の筋が一点に集まると、天空に古代ギリシャの衣装を身に纏《まと》った男がワイヤーで吊られていた。堂島さんがフロアを見下ろしていた。

「我、デウスの名において、

男、佐藤光太郎、
女、鈴木真季奈、
今夜、東京のすべての駅から最終電車が出発したあとの、
この瞬間より、両名を夫婦と成す」

拍手が湧き上がり、祝典の音楽が鳴った。

わたしたちは両手を挙げて参列者に応え、そして、深く礼をした。

左右から、数人の男女が現れて、わたしたちの周りで踊った。

いや、踊ったはずだけど、わたしには見えなかった。

頭《こうべ》を垂れながら、わたしは泣いてしまって、長い時間、顔を上げることができなかった。

光太郎がわたしの肩を抱いてくれて、やっと顔を上げることができた。

軽快な音楽とともに、左右から投影された光の筋の中に、料理の並んだワゴンが並べられた。

音楽が遠ざかる。

「本日は、嵐の中、わたしたちの結婚式のために、遥々《はるばる》お越しいただき、本当にあ

りがとうございます。そして、こうして素晴らしい場所を作ってくださったみなさんにも、お礼を申しあげます。

これからも、いや、これまで以上に、わたしたち二人にお力添えをいただきたいと思います。

どうぞ、よろしくお願いします」

光太郎の声が高い天井に吸い込まれた。

おめでとう。おめでとう。

みんなの声に迎えられて、わたしたちは集まってくれた人たちのところに加わった。

すべての音楽が消えた。明かりが戻った。日常がもどって来た。

倉庫の薄い壁を通して、激しい嵐の音が聞こえていた。

「みなさん、ありがとうございます。

結婚式、終わりです。

ケーキカットとかありません。

みんな、美味しいもの食べながら、一緒に飲もうね」

和やかな食事が始まった。

「嵐の音をBGMにこんな立派なご飯食べるやなんて」
「このパン、玲ちゃんが焼いたの？　めっちゃめちゃ美味しいやん」
「堂島さん、すみません。ありがとうございます。お世話になって。上で吊られて、コワないんですの？　ベルト食い込んでイタないの？」

　母は黒留め袖を着ている大阪のオバチャンになっていた。

　もう電車で帰ることはできない。外は台風だ。嵐によって倉庫に閉じ込められた総勢十八人の運命共同体ができていた。

　おめでたいことのために集まった人って、きっとそれだけでみんなハッピーになるのだ。みんながそれぞれの才能と時間を使って祝ってくれたこともうれしかったけれど、集まったみんながここにいることを楽しんでくれている。そのようすがめちゃうれしい。

　そして何より、母が喜んでいる。みんなと打ち解けている。

　作品を体験すると、その作者はもう知らない誰かではなくなる。いまここにいるほとんどが演者で、ほとんどが観客だ。

　わたしが旦那と結婚したのはね……、
真季奈って名前には秘密があるんよ。ほら、こうして縦に書いたらな、ほとんど左右対称やろ。あ、そんだけのことやねん。おもろないな、すみません。

真季奈がちっちゃかったときはね……、

夜が更けるにつれ、ご機嫌な母は、自分の結婚のことや子育てのこと、仕事のこと、彼女の人生で大切だったこと、どうでもいいこと、悲しかったこと、うれしかったこと、辛かったこと、……ほとんど彼女の人生のすべてをさらけ出すように、笑いながら、泣きながら、語った。

そして、何の話をするときも、大阪のオバチャンらしく、オチを付けるのを決して忘れなかった。その度に笑いが起こった。

この結婚式の中心は、光太郎とわたしではなく、母になっていた。よかった。それでいい。そのために結婚式をしたのだ。

午前一時過ぎ、嵐が遠ざかり、時折、ゴーと風の音がするだけで、雨の音はほとんど聞こえなくなっていた。

いつしか母はソファで、黒留め袖で酔い潰れた大阪のオバチャンになっていた。

須磨のおじちゃんがアプリでタクシーを呼ぼうとしていた。なかなか摑まらない。

世間は台風の夜だった。もう外を歩いている人なんかいないのだ。

二時になってやっと一台が倉庫の前まで来てくれた。

雨は上がっていた。

母がおじちゃんに抱えられてタクシーに乗せられるのを、みんな出口まで見送りに出た。

外の風で目を醒《さ》ました母は窓のガラスを降ろして、みんなに向けて何度も投げキッスをした。

車がいざ敷地を出るというとき、母が大きな声で何かを言った。

「おとうちゃん、真季奈が結婚したんよ。聞いてる？　おとうちゃん？」

たぶんそう言っていたのだと思うけれど、吹き返しの風に耳を塞がれてはっきりとはわからない。

第三話　消えた終電

植田千夏《うえだちか》の目の前に、鎌倉材木座の海が広がっていた。

荒れている。湿った風だ。

台風が近づいている。

もともと湿った風が吹いているのか、それとも舞い上がった波しぶきが空気中に漂っているからなのか。

気体中に微粒子が混じり合った状態、エアロゾル。霧や煙もその一種だ。

子供の頃から知っていたのはエアゾールという言葉。

蠅《はえ》、蚊、それからあのおぞましいG。憎らしい連中に向けて、狙いをすまし、赤いボタンをプッシュする。

蚊は瞬殺。

静かな夜、足もとの床に微かな音を立てて落ちる。それが命の重さだというような微かな音をたてて。

ノズルから伸びるスプレーの円錐《えんすい》の中に捕らえても、ゴキブリは何ごともなかったようにすり抜ける。

それを目で追い、止まったところで、改めて上空背後からできるだけ近くにノズルを降ろしていく。誘導ミサイルが無かった頃の爆撃機のように地上の目標物《ターゲット》に狙いをつける。

セカンドショット。また逃げる。だが敵に変化が見える。

床には殺虫剤で濡れた丸い跡。これだけの殺虫剤を吹き付けたら床のフローリング塗装が溶けてしまわないかと心配になる。それでも、おぞましさが勝つのだ。今夜、この悪魔と同じ部屋で過ごすわけにはいかない。撲滅。いや殲滅《せんめつ》か。敵軍はたった一匹。大袈裟《おおげさ》だけど、そのくらい不退転の決意で臨む必要がある。

サードショットで、敵はもがき始めた。腹を見せたところで、さらに容赦なくスプレーを浴びせると、彼は激しく痙攣《けいれん》を繰り返し始める。

自分の支配下に入ったことを確信して、しばらく観察した。

鈍い動きが終息するようすは一向にみられなかった。

待てない。

いつだってヤツが息絶えるまで待てなかった。見捨ててその場を離れることもできない。いつ、彼が活力を取りもどし、キッチンの配膳台を這《は》い回るか、自分の枕元にやって来るか。そう思うだけで、安らぎの場所であるはずの自分の部屋が不安と緊張の場所になってしまう。

彼から目を離さないようにしながら、手を伸ばしてキッチンペーパーを二枚手に取った。

半分に折る。二枚が四枚。四重が八重に。

八枚重ねのそれを、そっと彼にかぶせ、親指と人差し指を床に押しつけ、逃げ道を塞ぎながら、その間隔がゼロになるまで勢いよく閉じた。

ほんの一瞬、固く細い足が折れる感触があった。すばやくすべてを包み込んだことを確認して、紙を丸めて一気に捻《ねじ》った。

もう紙の中に彼の生きのびる容積は残っていないはずだ。

そう。この国ではエアロゾルという言葉はエアゾールと発音されて虫を殺す薬剤になる。

スプレーを最初から最後まで一気に噴射させてやりたいと何度思っただろう。みんなそうだよね。子供の時、そう思ってから、もう二十年経っている。まだ一度も実行したことはなかった。

スプレーの缶を捨てるとき、ガスが出なくなるまでボタンを押し続けるチャンスが訪れたことはある。ここぞと押し続ける。ガスが吐き出されるにしたがって、断熱膨張で缶が手の中でどんどん冷たくなっていく。

やがて、スプレー缶はあえなく息絶える。まさに息が絶えるようにガスが絶える瞬間、無音になるのだ。

手の中に残った、命を失ったように冷たくなったスチール缶。

さっき、家を出る前に、ドレッサーの前のヘアスプレイを最後まで噴射してやればよかった。洗面台の下には殺虫剤だってあったはずだ。

人生において遣《や》り残したことのチェックリストが、少なくとも一行減ったのに……。

息をつきながら海風が乱暴に頬を叩いてくる。風上の耳が風に塞がれる。真正面から風を受けると呼吸がしにくかった。この風が渦を巻いて台風に向かって吹いていくのか。

スマートフォンを取りだして台風二十二号の位置を確認した。

九百八十二ヘクトパスカル。中心付近の最大風速は六十メートル。中心は紀伊半島の南あたり。雨雲は進行方向へ伸び、半島の輪郭は幾重にもびっしり取り巻く等圧線で隠れてしまいそうだ。

ＪＲ鎌倉駅に着いた列車の一番後ろに乗っていた。

いつもなら平日でもホームに人が溢れ、改札を出るまでのろのろ歩きになるというのに、朝のオフィス街のような速度で何人もの人を追い越すことができた。それにしても年配の人がほとんどいない。

改札の正面のバスターミナルからバスに乗れば海岸まで行くことができるはずだけれど、今日は自分の足で歩いてみようと思った。

空は青い。雨はまだ降っていない。

人々はもう家に閉じ籠もってしまったのだろうか。これほど人のいないこの街を見るのは初めてだった。歩いている人はみな地元の人たちなのだろう。歩く速度が速い。

まっすぐ海の方角へ向かった。

女学院と警察を過ぎた。海は思っていたよりも遠かった。高校生で花火を観に来た時には友だちと一緒に浴衣《ゆかた》を着ていた。やっと左手に消防署を見ると、まもなく目の前に由比ヶ浜《ゆいがはま》が広がった。

海にはもう大きな波が立っている。

滑川《なめりがわ》の橋を渡って砂浜へ降り、改めて海岸に沿って小坪《こつぼ》方面へ歩き始める。湿った空気の中に遠くマリーナが見えていた。海の家は台風仕舞いがされている。もう町名は材木座に変わっているだろう。

この場所でいいのか。決めかねていた。

ほんとうは決めかねていたのは場所ではなく、実行のタイミングだったのだが……。

晴れ上がった空を見上げた。日が傾いて波頭が輝き始めていた。まだ、しばらく明るいだろう。迷う時間はある。

波打ち際から数メートルの所で、海に背を向けた。

海沿いを走る国道一三四号線には車が連なっている。

ドライバーたちは何を考えているのだろう。もしかしたら、自分と同じように、台風が近づくことに興奮しているのかもしれない。

他の人はどうだか知らないけれど、子供の頃から、台風は好きだった。近くの用水路が増水して、濁流が勢いよく流れるのに興奮したし、ビニールの合羽に雨が当たる音も好きだった。次々にテレビに映し出される各地のようす。幼稚園児のように黄色い合羽を着たテレビ局のアナウンサー。親に気づかれないように外へ出て雨に打たれてみた。濡れた服が皮膚に貼りつく感触に、性的な興奮に似たものを抱いていたような気もする。

まだ晴れている。だが、来た時よりも確実に風は強くなっていた。

予報ではあと一時間もすれば、雨が降り始めるという。

国道を挟んで正面に白い木造家屋が見えた。

小さいけれど、神社か神殿のように凜《りん》としたところがある。

砂に足を取られながら、呼ばれたようにその家を目指した。

雨戸が閉じられているのは台風仕舞なのだろうか。それとも人は住んでいないのか。古い。けれど手入れはされている。

何段か階段を登って道路に出たタイミングで大型車が通り過ぎ、そのあとはすぐに横断することができた。

その家は、片側一車線の国道を隔てて海に面した二階建てだった。バーベキューができそうな広いバルコニーの下がガレージになっている。車庫の床のコンクリートにはうっすらと砂が積もっていただけで、スペースはきれいに片付いていた。いちばん奥に青いバケツと丁寧に巻かれたホースがある。角には深緑色をしたコールマンのバーベキューコンロ。炭をつまむトング。

奥には、年季の入った二枚のサーフボードが立てかけられていた。

人が住んでいるにしては、どこか片付きすぎていると思った。とはいえ、サーフボードも備え付けのホースも埃《ほこり》をかぶっているわけでもない。

「海辺の別宅」だろうか。この辺りにはサーフィンをするために家をもつ人もいる。

今日は金曜日だ。週末には都会から車でやって来て、週末を過ごす幸福な一家の姿を思い浮かべた。

男の子が一人いる三十代の夫婦……だとしたらけっこう裕福だ。会社員生活を全《まっと》うして、まもなく夫の方がリタイアするダブルインカムの夫婦の定年後のための海の見える家……そんなところかもしれない。

玄関の外から、バルコニーに直接上がることのできる階段があった。

入り口に渡されていたらしいロープが外れて垂れていた。

〈だいじょうぶ、バルコニーへ昇ってみれば?〉

天の声に促されていた。不法侵入をしろと誘惑されている。

もう明日のことは心配しなくていい。思い立ったことは迷わずに実行するのだ。

今日はそういう日だと決めたはずだ。

いままでの人生で、今日こそが、いちばん伸びやかな自分でいられるはず。そう思った。

階段は湿気を含んだ木製で、踏み出した靴のソールに食いついてきた。

ゆっくりと足を運び、バルコニーが目の前に広がるにつれ、また頬に海風が当たってくる。

何度も白いペンキを塗り重ねたらしい手摺りも床も眩しかった。

サングラスは持ってきていない。考えてもみなかった。そもそも、海へは夜になってから来るはずだったのだ。予定が早まったのは電車が止まる前に来なくてはならなかったからだ。

サングラスがあれば目が楽だった。こんなに湿った風なのに目が乾く。鍋に焦げつくように、強風で水分が飛ばされ乾いた涙の成分でコンタクトレンズが角膜に貼りついてしまいそうだ。

先ほどまで波間に残っていた二人のサーファーが、ボードを足元に置いて立ち話をしていた。さすがにもう引き上げるつもりらしい。

波はいよいよ荒ぶっている。

バルコニーに立って見る海は美しかった。波頭に傾いた太陽の光が当たって金色に光る。ゴーゴーと唸《うな》る波の音は、道路を挟んだ分だけ遠のいていた。

さっきまでは少し怖かった。このバルコニーから見下ろしていると心に余裕が生まれる。高みの見物という言葉が頭をよぎる。

腰まで水に浸《つ》かって立っているうちに、予想もしない大きな波がやって来て、いきなり自分を掠《さら》って行ってくれればいい。

こんな日に、なんとなく幸福な家族の匂いのする家のバルコニーから、荒れ狂う海を見るのは不思議な気分だ。

吹きさらしであることは同じなのに、砂浜に立っているときに比べて、ここにいる自分はなんと安らかな気分でいるのだろう。

そして、いま自分が感じている安らかさに戸惑っていた。


「荒れている海もいいものでしょう?」

突然、後ろから声をかけられて、心臓が止まりそうになった。

「あ、あの、すみません」

とっさのことで言葉が見つからない。

「ええ、もちろん、個人のお宅だと分かっていたんですが、海を見たくて、つい」

まるで言い訳になっていなかった。このあたりではどこからだって海は見える。

「大丈夫ですよ。時々、そういう方がいらっしゃるのよ。海って人を引き寄せるのね」

立っていたのは白髪《はくはつ》の婦人だった。七十、もしかしたら八十歳も過ぎているようにも見える。

「はあ。どうもすみません」

ずっと、海には引き寄せられている。でも、今日は少し違う。

「わたしは、こういう荒々しい海も好きなのよ。お前なんてたいしたことないんだぞって、そう言われているような気がするじゃない」

婦人は千夏には顔を向けず、海に顔を向けていた。髪は白いが、背筋がきれいに伸びていて、年齢がわからない。ただ顔は浅黒く、皺《しわ》が深く刻まれていた。

「ふだんなら海との距離は人によって違うでしょう？」

この人は、何を言いたいのだろう。

「サンダルだと波打ち際を歩くことができるけど、革靴の人は遠巻きに乾いた砂を歩くしかないとか。シュノーケルがあれば、ずっと海の底を見ていられるとか。サーフィンがうまい人なら、遠くからパドリングできて大きな波に乗れるとか。でも、荒れた海はどんなものも寄せ付けない。人間の側が必死で作ったちっぽけな違いをひょいと乗り越えてしまう。どんなにサーフィンがうまくたって、この海には出て行けない」

ひとつひとつの言葉は理解できるが、何を言いたいのかはやはりわからない。

「サーフィン、なさってたんですか？」

話の接ぎ穂を探していた。パドリングという言葉を知っている。もしかしたら顔の深い皺は長年の日焼けのせいかもしれない。

「ええ、十六の時から」

この年齢の人が……。

「ボーイフレンドがボードを作ってくれたの」

「サーフショップの人だったんですか」

「あはは。サーフィンのお店なんか日本に一軒もなかったわ。みんな自分で木を削って作ってたのよ。すごく重くてね。

わたしは陸《おか》から見ていただけだったの。大きな波が来るけど大丈夫かしら、でも乗れたらすごいって、ハラハラするじゃない。うまく乗れると、見ているこっちもうれしくなるのよ。遠くから見ていると、次の波が見えるのよ。あそこにいる人、こんどはちょうどテイクオフできるんじゃないか、とか。

いつもみたいに砂浜に座って見ていたら、ある日、顔なじみの男の子がボードを持ってやってきて、わたしのためにボードを作ったから一緒にサーフィンをしようって。

ほんとは別のもうひとりの男の子の方が好きだったんですけどね」

こちらを見て小さく笑う。きれいな人だと思った。

「でも、見てるだけじゃつまらなくて自分もやってみたいという気持ちもあったから、じゃあ教えてくださいって」

誰もいなくなった荒れた海に、サーファーのいるキラキラ光る空想の海を重ねた。

「サーフィンの先駆者だったんですね」

風はますます強まり、テラスまで飛沫《しぶき》が届くようになってきた。

「お入りになりますか」

婦人は手に持った鍵を揺らして見せた。

「台風が来る前に買い物をしておこうと思って」

キッチンのカウンターに置いた白い袋からは青い葱《ねぎ》が頭を覗かせていた。

促されて入ったその家はきれいに片付いていた。無駄な物のないシンプルな家。

「一人だからヒマでしょう？　だから片づけるのも一種の趣味なのよ」

婦人は言う。

「仕事が忙しかった頃はね、あ、この家ではないですけどね、それはもう、あちこちにいろいろな物が散らかっていて、こうして急なお客さまを中に入れることなんてできませんでしたよ」

「すみません」

「とんでもない。あなたは歓迎よ。ある時なんてね、冷蔵庫が壊れて。でも、修理を頼んだら電気屋さんをうちに入れないわけにいかないじゃない。人が来ても恥ずかしくないところまで片づけるのに、一週間近くかかりましたよ。夏じゃなかったというのもありましたけどね。そのあいだ冷蔵庫なし」

互いに自己紹介もしないまま、婦人はキッチンに立ち、そうして自分のことを話しながら湯を沸かした。

まもなく、ふくよかな美しいポットと揃いの柄のティーカップがテーブルに並べられた。あたりに紅茶の香りが漂う。覚えのあるデザインだった。たしか、ロイヤルドルトン。

「おひとりでお住まいなんですか」

「ええ、もう十五年になるかしらね。この家を買って、改修が終わらないうちに夫が亡くなっちゃったの」

「それでもその後、ひとりでこちらへお引っ越しを?」

「夫が居なくなって、いろいろなものを捨てる決心がついたのね。でも引っ越さなかったら、そのまま要らない物に囲まれて暮らしていたかもしれないわね。たぶん、自分でそれが分かっていたから、夫がいなくなっても予定通りに引っ越しをしたのだと思う」

婦人は、こちらが訊《たず》ねる前に、次々と自分のことを話した。

千夏はそれを不思議に感じた。自宅の二階のバルコニーに勝手に入り込んでいた人間を無警戒に家の中まで招き入れ、その訪問者に何者かと質《ただ》すこともせず高価な食器でもてなす婦人。

安らいでしまってはいけない。今日はそういう日ではない。頭の隅で自分の分身が叫んでいた。

「あなたのためにサーフボードを作ってプレゼントしてくれたのが旦那さんだったんですよね」

葛藤をよそに、婦人の送ってきた人生に興味を抱いてしまっていた。

「途中はいろいろありましたけど、結局、そうでした」

婦人は幸福そうな笑みを浮かべた。

＊　＊　＊

植田千夏が、初めて国頭《くにがみ》の別荘である海風荘へ行ったのは、学部三年生の夏休みだ。

正都《せいと》大学理学部生物学科海洋生物学研究室、通称「国頭研」ではゼミの合宿を海風荘でやることが慣わしになっていた。その時も、四年生と三年生の合計六名の学部生と院生が一人、その場所に集まった。

三浦《みうら》半島の先端に近い小さな入江に面した淡いブルーの木造平屋建ては、まさに「リゾートの別荘」という造りだった。目の前の水面にスロープと小さな浮桟橋があり、ヤンマーの船外機がついた小舟が舫ってある。

その小舟は、周辺の海に沈めてある測定器を引き上げてデータを収集し、バッテリーを交換してまた設置するための足船《テンダー》だ。

海風荘には三つの部屋と広い居間とキッチンがあって、学生たちは男女別に二部屋にわかれて雑魚《ざこ》寝《ね》することになっている。

その夏には、女子は千夏と修士課程二年の長谷《はせ》聡美《さとみ》の二人。男子部屋では誰かがはしゃぎだして、部屋に入るなり修学旅行みたいだと冗談半分で枕投げまで始めた。学生たちにとって「夏に海辺の別荘で過ごす」ということは、それだけでテンションの上がることだった。

海風荘から、原生林の中の道を辿《たど》ると海に飛び出した小さな岬の先端に国立の海洋研究所がある。国頭研はそこと共同研究をしていたので、合宿初日には海洋研を案内してもらうのが通例だった。

三年生になり、いよいよ研究室が決まったその夏のことだ。

その分野では世界的に有名な研究所の建屋に足を踏み入れるというだけで、わくわくする。一般の人々はそこに研究所があることすら知らない。部外者は誰も入って来ない道の奥の、海に最も近いところに、人知れず建っている研究所という名前の建物。二十歳になるかならないかの研究者を目指す人間なら、案内されて昂揚感《こうようかん》を抱かないはずがない。

「この先にあるセンサーで測定されたデータが世界中の研究所に配信されています」

国頭が指差したその先には、水際の岩場に取りつけられた五十センチ四方ほどの箱から、海中にケーブルが伸びていた。「世界中の研究所につながっている」とはなんと甘美な言葉だろう。

計測室に戻って、研究所と近くの水域に設置された観測点、つまり、気象観測でいう百葉箱のような測定器の設置された場所から、時々刻々と送られてくる水温や海水の流れに関するデータを見たときも、とても感激したのを覚えている。永年にわたって観測されたデータを地図の上にプロットした図面も。

それらはすべて、池袋の大学の研究室のパソコンからも見ることができるものだ。けれど、研究所で見る気持ちは特別だった。

国頭研では、海水温や海水の動きのデータから、どの地域にどんなプランクトンや魚が集まってくるか、それを予測する研究をしていた。

そのために日本の太平洋岸の海水の温度や流れの方向、塩分濃度などのデータを必要としていた。海洋研究所は、世界中の研究者のためにそうした基礎データを収集する機能も果たしている。

海風荘は海に面した別荘で、リゾートとして素晴らしい場所だったけれど、それ以上に、海洋生物学を研究しようとしている学生にとって、すぐ目と鼻の先にある研究所は、大袈裟に言えば、俳優にとってのブロードウェイやハリウッドのような場所に見えていた。

この別荘にいる自分はブロードウェイの舞台でミュージカルを演じるために、いままさに台本を渡されようとしている。そんな感じだ。

スター研究者だった理学博士国頭佳宏《よしひろ》の論文の多くは、世界中の研究者の論文に引用されている。同じ領域の研究者や学生で、彼の名前を知らない者はない。

国頭研に入ることは、ブロードウェイのオーディションに立つことに相当する。彼の案内で海洋研究所の施設を見学するのは、著名な演出家によって、「オペラ座の怪人」が上演されているニューヨーク、西四十四丁目のマジェスティック・シアターや、同じく西五十一丁目のガーシュイン・シアターの「ウィケッド」の楽屋や舞台裏、あるいは、照明のオペレーションルームを見せてもらうようなものだった。

研究室に入った三年生の春、千夏は、最初のゼミの日に国頭の論文のリストを作って、そのいくつかを詳細に読み、疑問点をリストアップしていった。

ゼミの後、それを国頭にぶつけてみると、彼は優しい目をして、自分を見つめてきた。そんな目で男性から見つめられたことはなかった。しかも長い時間。思いもよらない反応に戸惑っているうちに、彼は言った。

「卒業までの二年間で、その疑問の八割は解けると思いますよ」

「二年かかって八割しか解けないんですか」

千夏は問い直した。

「そう、たぶん」

生物学を学ぶために大学に入って、海洋生物学を選んで、四年間勉強して、国頭の論文を読んで抱いた疑問が残り二年で八割しか解けないのか。

「でも、卒論を書きはじめる頃には、新しい疑問が生まれてきますからね。リストの行数が、きっとその倍くらいに増えていると思います」

彼は笑顔のままそう言った。

「学問とは、科学とは、そういうものです。わたしも植田さんも、いまはそういう世界にいるのです」

国頭教授も自分もいまは同じ世界にいる。その言葉は甘美だった。

彼の言葉はいつも丁寧だった。遥かに年下の自分たち学生のことも「さん」づけで呼ぶ。学生同士は先輩後輩に関係なく呼び捨てにしているというのに。

「自然の前では、我々はすべて学ぶ立場です。あなたたちも、大学教授のわたしも、膨大な宇宙の謎の前では知識において大した差はない。分からないことの方がずっとずっと多い。何冊本を読んでも、どれだけ論文を読み、どれだけの論文を書いても、そんなものは大した差ではないのですよ」

国頭は六十一歳。

立派な大人が、肩に力を入れることなく「宇宙の謎」について口にする。それはとてもロマンチックな響きがあった。

水辺の海藻の破片や微生物を採取して、顕微鏡で覗くこと。それはハワイ島、マウナケア火山の山頂に点々と並ぶ真っ白な球状の天文台群のどれかの巨大な望遠鏡を覗くことと同じように、人類が暮らす宇宙の姿を見ることとなのだと、国頭は言う。

宇宙の話を目を輝かせて語る大人はそんなにいない。

宇宙の話をしたくてもそれをする場だってない。相手もいない。だが、池袋の繁華街から道一本折れてしばらく歩いた先にある、レンガ造りの建物の一室、生物学の看板のかかるその部屋で、国頭は宇宙を語り、それを囲む学生たちもまた当たり前のように語るのだ。

夢のようだと思った。

街の人混みにうんざりしながら辿り着く美しいキャンパスは、それだけで別天地のようだ。少し黴《かび》くさい廊下の奥の中庭を望む窓辺に、さらに静かな研究室があり、そこでは日々、黙々と顕微鏡を覗く者、コンピューターでデータを解析するプログラムを作る者、相模《さがみ》湾臨海部の地形と海水流の方向を示す無数の←↑→↓を見ながらじっと腕を組む者たちがいた。

ゴールデンウィークも、「じいちゃんが死にそう」な四年生の西澤洋行《にしざわひろゆき》が静岡に帰省した他は、みんな東京に残っていた。

四年の大木翔太《おおきしょうた》は「金ないからよう帰れへん」といい、同期の三島幸広《みしまゆきひろ》は「僕は水槽の面倒を見なくてはならないからね」、M2（修士課程二年）の金森重人《かなもりしげと》は「親といっしょだと疲れる」と、それぞれ彼らtriらしいさまざまな理由をつけて、研究室に出入りしていた。

「千夏は帰省しないの？」

「何言ってるの、わたしは自宅通学だよ」

「あ、そうだったね」

いつもボケた質問をするのはヒガシこと東勇輝《ひがしゆうき》だ。

「その調子で彼女の名前間違えてるとまた振られるよ」

ヒガシには、デートの最中に推しのアイドルの名前を口にしてしまった前科があるのだ。ただし、それは本人の弁で、振られた本当の理由は、デートの最中に実験結果について十五分も一人で喋《しゃべ》っていたからだという説も裏で流れている。

学期中も、昼はもちろんのこと、実験のために、バイトが終わってから研究室に戻ってくるものもあったりして、部屋には夜中でも誰かいることが多かった。

学部生のメンバー全員、もしかしたら家族よりも長い時間を、潮の匂いとカップラーメンの匂いの混じるその場所で過ごしていた。

そして、夏休み、待望のゼミ合宿がやって来た。

海洋研の見学で初日が終わると、別荘の玄関に大根とキュウリが届いていた。

「三浦は野菜も魚も豊富でうまいからね」

聞けば、近所の農家が形が悪くて出荷できない野菜をタダでくれるのだという。

「さすがにマグロはタダってわけにはいかないけど……」

そう話をしている最中に、玄関のチャイムが鳴った。

「来たぞ！」

マグロで有名な三崎《みさき》港はすぐ近くだ。いやがおうでも期待が高まる。

国頭が少し得意気に、細長い発泡スチロールを手にもどって来た。そのサイズにマグロは入らない。刺身のサクなら細長くはないだろう。みなのテンションが急速に下がったのがわかった。

「シイラだ！」

蓋を開けたところでみなが一斉に叫んだ。海洋生物学科の学生たちだから、全員がその魚の名前を知っている。

スズキ目シイラ科。時に体長二メートルにもなるが、目の前の個体は七十センチほどだ。すぐにヒガシが巻き尺を持ってきた。六十八・六センチ。数値の測定は研究の基本だ。もちろん体重計で重さも量った。

シイラはスーパーマーケットではほとんど売られていない。筋肉質で脂肪が少なく、傷みが早いのだ。レストランでは、マヒマヒという名前でメニューに載っていることがある。

「このゼミでは初日は三年男子が捌《さば》くことになっているのよ」

キッチンは院生の長谷聡美が仕切っていた。

「ええ、まじっすか」

三島が声を挙げる。

「やったことないでしょ」

「ないですよ。ブリだって切り身かサクで買いますから。あ、フナの解剖なら中学生の時、生物部でやりました」

「じゃ、できるよね」

「やりますよ」

しぶしぶ包丁を手にしたような口ぶりだったが、たぶん、それはポーズだ。

その後は、不器用な三島の手元をみなで覗き込みながら、ああでもないこうでもないとツッコミをいれ、節目節目で写真を撮影しては、インスタグラムに載せた。ただ、その写真が普通と違うのは、内臓を丁寧に開いて、そこに消化されかかったイカや甲殻類の稚魚があることを確認して、その写真も載せているところだ。

刺身用に切り出したサクは散々の見栄えだったが味は良かった。ムニエルは絶品で「これならレストランが開けるな」とみなで自画自賛した。

国頭が用意してくれた食材とそれほど高価ではないというイタリアのワイン、集めた「会費」から買って来た発泡酒やチューハイで、遅くまで語り合った。研究室というより、サークルの合宿みたいだった。

宴が解けたのは何時頃だったのだろう。いつのまにか敷いてあった布団に倒れ込んでいた。

ふと目が覚めて枕元のスマホで時刻を確かめた。

午前四時二分。

スマホの画面の光でぼんやりと見えた隣の布団に、聡美はいなかった。枕元に紺と赤のツートンカラーの化粧ポーチがぽつんと置かれている。

トイレに行きたいのに、今行くと塞がっている。

耳をそばだてて聡美が廊下を歩いて戻ってくる気配を待っているうちに、またそのまま眠ってしまい、気がつくと朝になっていた。

「千夏ちゃん、朝だよー」

傍らにすでに化粧をすませた聡美の顔があった。

「標本採取、潮が引いているうちにやらないと。干潮をもう五分過ぎてる。大潮だからまだしばらく時間があるから、顔を洗って目を覚ましてからで大丈夫よ。寝ぼけて足を滑らせて海に落ちたら大変だから」

起き抜けのせいか、聡美の声はいつもより低くゆっくりで、湿り気を帯びて聞こえた。

千夏は、あわてて起き上がって洗面所へ向かう。秒速で冷水で顔を洗い、頬をぱんぱんと両手で叩いて、外へ飛び出した。どうやらまだ少しアルコールが残っている。

濡れた岩で足を滑らせないように気をつけながら、大きく潮の引いた岩場の水際を目指した。大潮の時でないと水面に露出しない岩に群生した藻をヘラで掻き取って、握りしめたビニール袋に入れ、部屋にもどってシャーレに移してラベルを貼り、実験ノートに場所と時間を記録した。

朝食を済ませると、午前中は、新しいバッテリーを組み込んだ測定器を積んで小舟で海に乗り出し、何ヶ所かの測定器を交換した。

国頭が片手に舵《かじ》をもって船を操り、目印のブイに近づくと、千夏が身を乗り出して、ロープを手繰《たぐ》り寄せ、藻のついた測定箱を船内に引き上げる。新しい測定箱に交換する作業が終わると、またゆっくりと海に沈める。

「植田さんも大学院入試までに小型船舶の免許を取っておくといい。難しくはないから。それに、ダイビングの資格も」

当たり前のように言う。国頭研では学生の半数以上が大学院へ進むのだ。

海へ出たついでに海面に浮かんでいるゴミも回収した。

腹を出して浮いている魚などの動物の死骸や、植物などは、やがて自然に返るからそのまま放置する。それ以外のプラスティックなどのゴミだけを集めるのだが、あっという間に四十五リットルのビニール袋が、コンビニの袋や発泡スチロール、ペットボトルなどでいっぱいになった。

「すごい量ですね」

「昨日、研究所で流況図を見たと思うけど、いま黒潮が北寄りに上がって来ている。そうするとその大きな流れは伊豆《いず》諸島にぶつかって、分流が相模湾を北に向かって来る。それが大磯《おおいそ》、平塚《ひらつか》あたりにぶつかると東西に分かれる。東へ分かれた流れが海岸沿いを陸に沿って南へ降りてくるから、茅ケ崎《ちがさき》、江の島、鎌倉、逗子《ずし》、葉山《はやま》の海水浴場から出たゴミが、三浦半島西岸のこのあたりの入江に入ってくるんだ」

「このペットボトルは中国語ですね」

「それが遠く南方から来る黒潮が分かれて流れてきている証拠だ」

午前の部が終わると、当番の大木が作ったカレーをみんなで食べた。ごくふつうのハウスジャワカレーだったけど、とても美味しかった。

午後の部は、引き上げてきた測定箱を開いて、データをコンピューターに読み込む作業。それと、ゴミを分類して、中国語のペットボトルのように発生した場所の分かるものを写真と共に記録していく。そんな地味な作業だって、あれこれ冗談を言いながら、楽しんでいた。

大学院生の男性二人はどうしてこんな楽しい合宿に来ないのだろうと、みなで言い合った。

その夏、海にいながらビキニで灼熱《しゃくねつ》のビーチを歩くことはなかった。日に焼けたサングラスの男性から声をかけられることも、パラソルの下でトロピカルドリンクを飲むこともなかった。

それでも、人生でいちばん輝いている夏だと思っていた。


「合宿、楽しかったですよ。シゲさんも来れば良かったのに、聡美さんだって来てたのに」

八月が終わる頃、金森重人が研究室に戻ってきた。

「プリマスに行っていたから」

プリマスというのは、イギリス南部にあるイギリス海洋生物学会の臨海実験所のことだ。M2の金森は助成金を使って、二週間、そこへ行っていた。三浦の合宿の日程とたしかに重なっている。

「ほら、シゲさん、聡美さんのこと好きやから」

金森が部屋を出ていったあと、会話を聞いていた四年生の大木が小声でそう言う。

「ええ、そうなんですか。全然、気がついてなかったです。わあ、もしかして、知らないのわたしだけだったのかな」

「一応、知っていた方がいいかなと思って言ったんやけど。別に付き合ってるとか、そういうことやない」

「そうなんですね。聡美さん、美人だからなあ」

長谷聡美は週刊誌の「理系美女図鑑」というグラビアページに写真が載ったことがある。

「わかりました。でも、好きなら余計に合宿来ればいいと思いません？　プリマスへ行くスケジュールだって、自分で向こうにレター書いて、決めたみたいだし」

千夏の言葉に、大木は小さく首を傾げた。同時に動いた肩と眉が何かを言いたそうだった。

他人《ひと》の恋愛に首を突っ込まない方がいいと思ったし、そう思う程度には大人になっていた。

「千夏、昼飯、まだやろ」

「もしかして、おごってくれるんですか？」

「B定食おごったら、おれと付き合《お》うてくれるか」

「まさか」

「そうか、あかんか。せやろな」

「大阪のノリには、ようつきあえまへんへん」

「発音おかしいけど、ま、ええわ。ランチ三時までや、急ご」

大阪やのうて明石《あかし》や、と抗議する大木と一緒に、千夏は学食へ向かった。


二年後、植田千夏はM1、つまり、大学院修士課程一年になっていた。

それまでのあいだに、二級小型船舶操縦士の免許も、BSACのダイバー認定も取得した。国頭教授が三年生の千夏に当たり前のように言ったことを、当たり前のこととして実行した。

海上でも海中でも、測定も標本採取も、自分でプランを立てて、自分でできる自立した研究者としてのスキル。それらを持っているというだけで、発想が自由になる。研究対象の生物が生きているその現場を、自分が水の中に入ってこの目で見る。

すべてを自分だけでやろうと思わない方がいい。そして、考えを自分でできる範囲のことに留《とど》めるようなことがあってはいけない。論文を書くとき、それは数字になっているかもしれない。それでもなお、「自分でできる」「自分の目で見る」ことはとても重要だ。

国頭が日頃から言っていたことだったし、研究生活を続ければ続けるほど、すべて国頭が言うとおりだと思えてくる。

論文誌の査読委員でもある国頭の所には各国の研究者から未発表の論文が送られてくる。アメリカやカナダやイギリス、インドやシンガポールの研究者から、共同プロジェクトの最新のデータも届いていた。専門分野に関することだけでなく、幅広く、生物のこと、海のこと、地球のことが伝えられる。国頭のそばにいると、地球が生きていることを実感できる。

研究室には頻繁に海外からの訪問者があった。彼らが口にする「ドクター・クニガミ」という言葉の響きにはいつでも大きな敬意《リスペクト》が込められているのがわかった。この研究室に籍を置いているだけで、学問の世界で中心に居ることができる。千夏は国頭の大きな大きな懐で育てられていると感じていた。そして、いつかはそこを飛び出して行くのだと、胸の内で決心していた。

聡美さんみたいになりたい。

千夏にとって長谷聡美は身近なロールモデルだった。

彼女は博士課程二年に在席しているが、ふだんは海洋研究所にいて、池袋のキャンパスに現れることはほとんどない。

金森重人はイギリスの研究所の研究員になった。

三島も東も大木も、食品会社の研究所や、日本の国立大学やカナダの大学の研究員になっている。

千夏が研究室に入った当時のメンバーで、研究室に残っているのは、M2の西澤と彼女だけになっていた。

夏休みのゼミ合宿はずっと続いていた。

千夏がそうだったように、研究室に入ってきたばかりの三年生は、その合宿ですっかり「海洋生物学の虜《とりこ》」になる。千夏はそんな後輩たちを頼もしい気持ちで眺め、自分が初めて海風荘を訪れたときの興奮を思い出した。ちょうどあのときの聡美の立場に自分がいた。研究においてすべてが順調というわけではなかったけれど、自分の足で人生を歩んでいるという実感があった。

授業が休みで大学の施設が使いやすい八月の終わりは学会シーズンだ。

千夏は京都の大学で開かれた分科会で新しい論文を発表した。セッションが終わって建物を出たところで、自動販売機の前に大木がいた。声をかけると、ドリンクを手にした彼が振り向いた。

「おお、発表、聞いてたよ」

「ありがとう」

一年半ほど会わなかっただけなのに、ずいぶんと懐かしい気持ちになっていた。同時に、一緒に泥んこ遊びをした幼なじみにスーツを着ているところを見られるような、そんな気恥ずかしさがある。

「バンクーバーはどうですか」

論文発表についての感想はあえて聞かない。

「ああ、ええとこや。夏でも涼しいのが助かる」

「そこですか」

「東京は暑すぎ。あの人混み、もう、いまやったらよう耐えられん」

行ったことのない爽やかなバンクーバーの夏の風景を思ってみた。

「池袋はどんなんや」

「あいかわらず……かな。あ、そうそう、西山公園に看板できました」

「看板？」

「近隣の迷惑になるので公園で騒がないこと　正都大学学生部」

「公園に？　学生部の名前で？　あはは。そういや、聡美のデータが揃ったときにカンチューハイ飲んで騒いで、お巡《まわ》りさん四人も来よったな」

「国頭研のせいじゃないと思うけど」

「そうか。そらそうやろな。でも、楽しかったなあ」

二人ともしばらく無言だった。

「なあ」

「晩ご飯、一緒にどうですか」

「それな、おれも言おう思うてた。おごる。先輩やし、おれな、九月から正式にブリティッシュ・コロンビア大学に採用が決まったから。またしばらくバンクーバーだ」

「おめでとうございます。それじゃ、お祝いしなきゃ」

四条河原町《しじょうかわらまち》まで出て、先斗町《ぽんとちょう》のおばんざいの店に入った。

「公園でカンチューハイ飲んでたのが、まさか京都で一緒に飲むことになるとはなあ」

　久しぶりの乾杯から始まり、酒が入るほどに大木は饒舌《じょうぜつ》になった。池袋では浮いていた大木の関西弁も、京都にいると空気に馴染《なじ》んで聞こえる。

「まだ決めてません。たぶん、国頭先生《せんせ》んとこのドクターへ行くんか」

「千夏は修論終わったら、国頭先生んとこのドクターへ行くんか」

「そうやろな。聡美、出て行くらしいしな」

　初耳だった。

「聡美さんは聡美さん」

　とっさに前から知っていたように振る舞ってしまう。

「そらそうやけど……」

　一瞬、大木の顔から笑顔が消えたような気がした。

「千夏もバンクーバーに来たらええよ。大学の中に新渡戸稲造《にとべいなぞう》を記念した日本庭園もある。大阪万博のパビリオンだった日本建築も移設されている」

　新渡戸稲造は知っているが、大阪万博はさっぱりわからない。明石出身の大木だってそんな昔のことは知らないはずだ。

「英語で暮らせて、昔から移民が多かったから日本人のコミュニティもあって」

得意とはいえないが、英語ならなんとかなるか。

「肉も魚も美味しいいし、中華料理もいろいろあるし、夏も涼しい」

「涼しいって、またそれかい！」

「東京は暑すぎるわ。で、資源環境研究所というところの所属になるんやけど、海も近いし、予算ももらえるし、けっこう自由に研究できる。千夏も、絶対、来た方がええ」

カナダのことを語る大木の目は輝いている。

はつらつとしたその顔を見て、研究室に入ったばかりの頃、自然や地球や宇宙について語った国頭の顔を思い出していた。

科学は大人を少年に変える力がある。

あの時もそう思った。

いつのまにか、研究室の部活のような楽しさの中に、そのことを忘れていた。

「千夏なら活躍できる。絶対、来た方がええ」

別れ際、大木はまた同じことを言った。

「カナダでもがんばりや」

そう言って、バスターミナルで大木と別れた。

朝から京都に来ていて、大木とも長い時間話したから、いつもよりずっと関西弁らしく発音できたような気がした。

東京行き夜行バスのステップを登る千夏の背中に大木の声がした。

「サンキュー、千夏、アイ・ウィル・ミス・ユー、やで」

酔っ払いめ。恥ずかしいからやめてと叫びたかった。そのまま振り返らず車中の人になった。

「植田さん、京都はどうでした？」

研究室のドアを開けて入ってきた教授の国頭佳宏が、通りすがりに声をかけてきた。

「発表はうまくいったと思います」

「それはよかった。僕も聞きたかったのに、急なことがいろいろあって、残念なことをしました」

「先生のこと、今回はどうなされたのかと、いろいろ聞かれました。みなさん、先生にお目にかかれないのを残念がっていらっしゃったようです」

「あの分科会へ行くと知り合いばかりですからね」

学会に出るといつも国頭がこの世界でいかに評価されているか、それを強く感じるのだ。国頭の弟子である自分にとって、それは誇らしいことだが、教え子の自分を見る皆の目がそれだけ厳しいものになることも分かっている。

「大木さんも来ていました」

「元気でしたか」

「あいかわらずです。バンクーバーは涼しいから、お前も来いって」

研究所に誘われたことは言わなかった。

「大木さんらしいですね」

「東京は暑いってそればっかり」

「秋の海風荘も悪くないですよ」

次の言葉はあまりにも脈絡がなかった。

並外れて頭のいい人によくあるように、国頭は、説明やつなぎの言葉を省いたまま、最短距離で言葉を発することがある。彼のそういう言い方には慣れていた。そして、慣れていたからこそ、彼なりの遠回しな言葉の選び方のように感じられた。もしかしたら自分を海風荘に誘うつもりでそのような言葉を選んだのかもしれないと。

「素敵でしょうね」

曖昧な答え方をした。口にしてしまってから、もし、国頭が自分を個人的にあの場所に呼ぼうとしているのであれば、おそらく自分の答え方を承諾だと理解するだろうと気づいた。それでもそのまま言葉を重ねなかった。

その時の自分の気持ちは答えの通り、誘われたことに対しては否定でも肯定でもなく、あの海に面した別荘の秋の風景を思い浮かべただけだった。

国頭は自分の別荘のことを「悪くないですよ」と言い、自分はその別荘について「素敵でしょうね」と答えただけだった。


「海風荘に資料が溜まってしまって、ちょっと収拾がつかなくなっているんですよ。植田さん、手伝いに来てくれると助かるんですけど」

珍しく研究室に誰もいない日の午後、実験ノートをチェックしていた千夏に、近づいてきた国頭が言った。

「金曜あたりから始めたいのですが、植田さんの都合はどうですか」

週末も研究室に出て来るつもりだった。予定は空いている。

「車を出しますから、一緒に行きましょう」

国頭が言葉を続けた。

いつもとちがう。国頭は答えを待つ人だ。学問について議論をするときだけでなく、ファミリーレストランで料理の注文を決めるときですら、あなたはどう思うの、考えてみてごらんというように、静かにこちらの言葉を待つ。

いま、国頭は千夏の言葉を待たなかった。国頭が国頭らしくなかった。

平日の早い午後は、横浜横須賀《よこすか》道路は通行車両もまばらだった。

国頭の車はオートクルーズで追随する前走車を時々変えながら滑らかに走り続け、終点の馬堀《まぼり》海岸で高速を出た。

「天気がいいから少し遠回りしましょう」

高速を降りたとたんに海に突き当たる。南国さながらのパームツリーの並木を進み、いくつもの小さな入江や岬を、アップダウンを繰り返しながら走った。

国頭の車の助手席にいて、他愛ない会話をすることを楽しいと感じていた。

「学生時代、ポンコツの車を買って、初めてドライブに来たのがこのあたりでね」

海岸線から離れて一気に坂を登ると、平らな大根畑が広がっていた。遠くに見えていた風力発電の白い風車がぐんぐん近づいてきた。

「あれ、首の折れた竹トンボみたいだと思いませんか」

「先生、竹トンボで遊んだことあるんですか」

「雑誌を見て作ってみたことはありますよ」

「飛びましたか」

「全然飛びません」

無駄話をする国頭を見るのは初めてだった。

研究室でも、別荘である海風荘にいる時でさえ、彼はいつでも指導者然としていた。あるいは、いつでも学者のようだった。いま自分の前で初めてそうでない姿を見せている。

二機の風車の在る場所が公園になっていた。駐車場に車を止め、歩いて公園に入った。太い支柱の根元から見上げる真っ白な風車が青空に映えていた。羽は止まっていた。もし、その羽が回り始めたら、浮いている雲を綿飴《わたあめ》のように絡め取りそうだと思った。

「いちばん奥の展望台まで行ってみましょう」

展望台の手摺りに身体を預けて見わたすと、南には、一面、海が広がっている。眼下の岩の間に見える小さな港には、ヨットがきれいに並んで繋留《けいりゅう》されていた。

「海って広いですね」

「何を言っているんだ」と国頭が笑った。

「なんだか、わたし、海を近くで見てばかりいたような気がします」

「ああ、それは、そうかもしれないなあ」

その時の国頭の顔がうれしそうだった。

「スーパーに寄って買い物をしていきますよ」

国頭と二人で食料品を買う。気恥ずかしかった。いつも合宿の時に買い出しに来ているスーパーだというのにだ。

表通りから折れて別荘へ続く小径《こみち》に入ると、二人とも口数が少なくなっていた。

車を止め、スーパーの袋を運び込み、食料品を冷蔵庫にしまい終わるまで、ほとんど口をきくことがなかった。

車で隣り合わせに座り、同じ方向を向いているときには、気軽にどうでもいい話ができていたのに、別荘の居間で向かい合って座ってしまうと話が続かない。

「もう一杯、お茶を入れましょう」と国頭が言い、「あ、わたしがやります」と急須を持って席を立ちカウンターの中に入る。また、そこで話が終わってしまう。

「整理を手伝ってもらいたい資料はこっちです」

新しく淹れたお茶に口を付けず、国頭は書斎に千夏を誘《いざな》った。

何度も入ったことのある部屋へ向かうだけなのに、ごくりと唾を飲み込んだ。

海からいちばん遠いその部屋は、潮の香りの代わりに、壁一面に天井まで届く作り付けの本棚の発する黴《かび》くさい匂いが立ちこめていた。大学と同じ匂いだ。

足を踏み入れた床に、「最初に整理したい分だ」というファイルボックスが何列も並んでいた。そのうちいくつかは書棚から降ろされたものらしく、本やファイルボックスでびっしりと埋まった棚のところどころが、虫に食われたようにぽっかり空いている。

国頭が差し出したものを受け取る。「整理作業の方針」と書かれた一ページのマニュアルがクリアフォルダーに収められていた。国頭らしい。

ほとんどの部分はコンピューターで打ち出されたものだったが、仕分けを示す、簡単な手書きの図が空白部分に書き込まれている。

「わかりますか」

そういいながら手元を覗き込んでくる国頭の体温を感じた。

ふと、国頭が今までと違う何かを望んでいるのではないかという思いが頭をよぎった。

彼の声や仕草からそれを探り出そうと、全身がアンテナになった。

国頭は千夏の居る書斎からいくつかの段ボールを運び出し、居間で作業を始めた。残された千夏は床にぺたんと座り込んで、「方針」に従って作業を始めた。

秋の別荘は静かだった。

紙をめくったり、書類の束を床に置く音だけが、彼の気配として居間から廊下を伝って千夏のいる書斎まで聞こえてくる。自分の立てる音も同じように国頭に伝わっているはずだ。それに気づいて、わざと音を立ててみる誘惑に駆られた。

ファイルボックスを遠くへ押しやるように床で引き摺ると、小さな、衣擦《きぬず》れのような音がした。

今度は空になった箱をわざと床に倒すと、思いがけず大きな音が天井に響き、すぐに本で覆われた壁に吸い込まれた。

息を止めていたことに気づいて、あわてて深呼吸をした。鼓動が高まっていた。

パタン。……パタン。

ゆっくりと間を空けて、さらに空いたファイルボックスを、ふたつ、倒した。

手を止めたまま耳を澄ます。遠く漁船が入江を出て行くエンジンの音が聞こえた。

息を呑んだ。

居間の音が、国頭の立てる音が、止まっている。

自分が始めてしまったゲームの結果に戸惑っていた。

ぽとん。

遠くで何かが落ちた。

エアゾールで狙いを定めた蠅が足もとの床に落ちたような、鈍く、……小さな音。

ぽとん。……ぽとん。

何の音かわからなかったが、音と音の間隔が、ぴったり同じだった。

わたしが聞き耳を立てていたように、彼もわたしの音を聞いていたのだろうか。

わたしが彼について知ろうとしていたことを、彼もわたしについて知ろうとしていた。そういうことなのか。

自分からゲームを始めたというのに、その結果を受け入れる心の準備ができていなかった。喉の奥がひりひりする。

その時、携帯電話が鳴った。大木からの着信だった。じゃまをされたと思い、同時にほっとした。

「まだ、明るいんやろな。こっちは夜中や」

「バンクーバーから？　こないだは、ごちそうさま。久しぶりに会えてうれしかった」

「メール、読んでないんか」

「メール？」

「五時間くらい前に送ったやつ」

「そうなの？　今日は、ずっと外に出てるから」

「スマホ、持ってるやろ」

「今日はずっと忙しかったから」

ずっと国頭と二人きりだったとは言いたくない。

「大変なことが起きてる」

たいへんなこと……。

「週刊誌や。聡美と国頭せんせのことや」

「なにそれ」

「あのな、おれもショック受けてる。『ノーベル賞級のスター研究者が女子大学院生に交際を強要』て。格好のニュースネタやろ。おれんとこにもさっきからメール、バンバン来てるわ」

「なにそれ」

言葉が思いつかない。

「所詮、週刊誌やからあること無いこと書き放題なんやろけど、千夏ならなんか知ってるかもと思うて電話したんやけど」

「わかんない。初めて聞いた。信じられない」

それだけ答えるのがやっとだった。

「記事の真偽がどうであろうと、とにかくこれで国頭先生は大学に居ることができなくなるやろうな」

大木は悔しそうに言った。

世界中の研究者の論文に繰り返し引用されているたくさんの論文。その著者が大学教授として許されないことをしたと。

いままでに何度もテレビで見たように、カメラの前に引っ張り出されて、深々と、誰かに教えられた、誰かとそっくりなやり方で、頭を下げる国頭の姿を思った。学会の懇親会で、絶え間なく彼の元に挨拶に来ていた人々も、そうして「事件」を知るだろう。

スマホを持つ手が震えていた。

池袋の雑踏からほんの少し入っただけの場所にある、別天地のような、刺激的で楽しい研究室。あの大切な場所がなくなってしまうのだろうか。

「千夏もたいへんになるやろうけど、がんばれよ」

「うん、ありがとう」

通話が切れた。

さまざまな思いが頭を駆け巡っていた。

たくさんのことを考えた千夏の思いのその中に、国頭と聡美のことはなかった。

そこに考えが行こうとする自分を抑えつけていた。

今日一日、自分と一緒に過ごしていた国頭は、週刊誌のことを知っているのだろうか。

国頭はいま、自分の声の届くところにいる。

ひっそりとした入江に面した美しい別荘で、その国頭と二人きり……。

＊　＊　＊

材木座海岸に面した白い家では、時折吹き付ける風で窓が繰り返し音を立ててい た。間隔の短い波が泡立ったまま浜に打ち寄せている。まもなく日没を迎えようとしていた。

「温かいのを淹れ直しましたよ」

長い間、黙り込んでいた千夏の目の前に、紅茶が注がれたカップが差し出された。柔らかい湯気と共に優しい香りが肺を満たしてくる。

「自分の方から先生に問い質すことはできませんでした。事実ではないと思いたかった。

わたしは先生を責める立場ではありません。先生から与えていただいたものは、ただただ、かけがえのないものです。感謝しかありません。

そもそも、その日はまだ何も分かっていませんでした。

たとえどのような事実があったとしても、わたしが社会の代弁者になって先生を責める気持ちなど湧いてくるはずがありません。わたしは示談に臨む弁護士でも調停の裁判官でもありません。大学の理事でもありません。わたしはただの教え子の一人で、同じ学問の研究者で、先生の言葉を借りるなら、自然を前にしている一人の人間であるに過ぎません。

先生はわたしの何十倍も知識をお持ちでした。

でも、研究を続ければ続けるほど、自然の前では、地球や宇宙の前では、そんな知識の差はほとんどないのと同じだ、という先生の言葉を、ほんとうに実感できるようになっていました。そして、そう思えるようにわたしを育ててくれたのが国頭先生なのです。

あの日、大木先輩の電話が切れた後、ほんの少しの間、泣きました。声をださないようにして。

どうしていいか分からなかった。答が見つからないので、それまでの作業を続けようとしましたが、できるはずがありません。

先生の書斎を眺め回して、立ち上がりました。大きく深呼吸をしながら。

その時、ほんの一瞬だけ、先生が週刊誌のことを知っているかどうか、確かめてみようと思ったのです。

部屋を出て先生のいる居間に向かって廊下を歩き始めたところで、突然、吐き気がして、途中にあったトイレに入りました。

汚してしまったところを拭いてトイレットペーパーを使い切ってしまったので、洗面所の棚からストックを取り出そうとしたら……」

千夏はそこで小さく息をした。

「ポーチがあったんです。紺と赤のツートンカラーの。長谷聡美さんがいつも使っているポーチです。

中を開けました。歯ブラシとか、櫛とか……。

口紅の蓋が外れていて、使った痕の筋がついていて……。この口紅がこの場所で聡美さんの唇をなぞったのかと……。

あわてて元に戻しました。トイレットペーパーをセットして、鏡の前で笑顔を作る練習をして、それから先生のいる居間に向かいました」

千夏はそこでやっと紅茶を口にした。もう湯気は立っていなかった。

「電話は誰からだったかと先生が聞くので、少し動揺しました。大木さんだというと、カナダで元気にやっているようすかい、と言うので、元気そうでしたと、そう答えました。

先生はまだ週刊誌のことを知らないのだろうと、その時は思いました。

途中ですが、今日はこれで帰らせてください。そういうのがやっとでした。

もし、居間のテレビを点けたら、スキャンダルのことが放送されているかもしれません。その場に居合わせたくありませんでした」

千夏の話を聞いている婦人は静かな表情を崩さなかった。努めてそうしているのかもしれない。

「書斎に置きっぱなしだった小さなリュックを取りに行って、また居間へ戻るときに、化粧を直す振りをしてもう一度洗面所に行き、聡美さんの化粧ポーチを取って、リュックに入れました。そこにそれがあるのを誰かに見つからない方がいいと思ったんです。

いや……。もしかしたら、本当は自分が、わたしが、そこにそれがあるのを許せなかったのかもしれません」

婦人はどんなことでも話しなさいというように柔らかな表情で唇を嚙みしめる千夏を見ていた。

「先生のこと、好きだったのね」

「わかりません。……いえ、大好きでした。

嫌いなところはありません。尊敬していました。厳しくされても素直に受け入れられました。褒められれば有頂天になりました。しばらく会えないと寂しく思いました。いなくなったらどうしようと思ったこともあります。たくさんのことを教え

「そうでしょうね」

てもらいました」

「それは男と女としても好きだったという意味ですか？」

「わかりません。腕に抱かれたらうれしかったかもしれません。キスを求められたら応じたかもしれません。求婚されたら、はいと答えたかもしれません。断る理由がないんです。興味の対象も同じ。お見合いだったらすべての条件を満たしていると思うでしょう」

降りだした雨がガラス窓を激しく叩き始めた。掻き消されて海の音が聞こえない。

「研究一筋ですから、研究室にいつまでもいて、ろくに家にも帰らないでしょう。海外の研究所に呼ばれて長期に日本を空けることもあります。研究会や学会で出張も多い。

そんな男性は、ある人にとっては結婚相手として失格かもしれません。

でも、わたしにとって欠点にはなりません。むしろ、わたしがやりたいことを、あの人もやっていて、わたしも一緒にできるのですから」

「わたしたちのサーフィンと同じね」

「ご主人はサーフィンの師だったのですね」

「何にも知らない、サーフボードに触ったこともない十六歳のわたしにとって、あの人は神様みたいに見えましたよ。

重いボードを抱えて海へ出るときも、あの人はすいすいパドリングしていくのに、わたしはちっとも進まないの。そのうち、ボードが前から来た波を孕んで、岸まで連れ戻されてしまう。

なんとか少し沖へ出て、波を待っている間も、うまく板に座れなくてぐらぐら揺れてしまって、ひっくり返らないようにバランスを取るだけで疲れてしまうのよ。ちょうどいい波が来たと思って、パドリングを始めても、遅すぎて波に追い越されて置いていかれてしまう。

やっと夕イミングをつかんだと思っても、板の上に全然立てない。立つというより、足の裏がほんの一秒ボードにくっついたかしらというところで、ワイプアウトしてしまう」

十六歳の自分を語る婦人の眼差しが輝いていた。

「結婚する前も、結婚してからも、四六時中、二人ともサーフィンことばかり考えていましたよ、わたしたち。

初めてピカピカのエポキシのボードを手に入れた時は、一晩中、ベッドに置いて撫《な》でてた。おかしいでしょ?

風に合わせて波のいいポイントを探すための車を手に入れた時のこと。ひどいポンコツで、よくオーバーヒートするの。だから、ビニール袋にラジエーターに補充する水を入れて持ち歩いていたのよ。ペットボトルなんてまだありませんからね。その袋が破れて大変なことになったこともあった。

ボードを作って売る店を始めるために、あの人は夜勤の道路工事の仕事をして、朝、帰ってきて、サーフィンをしてから寝ていました。わたしはレストランでウェイトレスをしてて。そうよ。これでもけっこうお客さんに人気があったのよ」

千夏を見る婦人は得意気に両手を腰に当てて胸を張った。その表情に千夏の心が和んだ。

「わたしは、海風荘というその別荘を出ました。

また続きをやりに来てください。あの人はそう言って、いつもと同じようににこやかに手を振ってくれました。救われた気分でした。細い道をバス通りまで出る途中、一台の車が勢いよく入ってきました。その道の先には、海風荘と海洋研究所しかないので、滅多に車が通ることはないのです。

人前で動揺するところを見られたくないと思って、バスの中でも電車の中でもスマートフォンを切って、ニュースやメールに接しないようにしました。

ずっしりと重たい気分で池袋のアパートに帰って、テレビを点けたときは、衝撃で頭を殴られたようでした。

テレビに先生の顔写真が映っていました。そして、画面が切り替わると、海風荘が映っていたのです。建物を背景に、マイクを持った男の人がカメラの前で『事件』のことを話していました。番組では、聡美さんは『Aさん』と呼ばれていました。

インターフォンが押され、ドアの外で『一言、お聞きしたいことが』という映像が、全国に流れていたのです。

もしかしたら、わたしが擦れ違ったあの自動車はテレビ局のものだったのでしょうか。

よかった。何より、うっかりわたしがインターフォンに出たら大変でした。

週刊誌の報道とは別の教え子の女性と二人きりで別荘にいた、などと面白おかしく騒がれては堪《たま》りません。それに、あの時のわたしは、海風荘で国頭先生から説明など聞きたくありませんでしたし、国頭先生と二人でいる場所で、他の誰からも事件のことを聞かされたくもなかったのです。

テレビによれば、週刊誌の記事は『Aさん』に取材して書かれたような体裁になっているようです。Aさんが教授のセクハラを告発したというシナリオなのでしょう。迷いましたが、コンビニへ週刊誌を買いに行きました。

売り切れているかと思いました。芸能人のスキャンダルではなく、大学教授のことですから、それほど世間の関心は高くないのでしょう。不思議なもので、騒ぎが小さい方がいいのにもかかわらず、世間の関心が低いと思うと、まるで自分が軽んじられたような気もするのです。

その週刊誌だけを買うのが恥ずかしくて、ウーロン茶のペットボトルも一緒に買いました」

「それ、わかるわ」

長い話を切るように婦人が言った。

すっかり日が沈んで、窓の外は暗くなっていた。街路灯の光のなかに斜めの雨が激しく降っている。海はまっ黒でほとんど見えなかったが、微かに白い波頭が見えていた。

「海洋生物学の世界的権威である正都大学理学部の国頭佳宏教授六十三歳は、教え子の大学院生Aさんに交際を迫り、繰り返しメールやラインメッセージを送っていた。Aさんは国頭教授を拒絶すると自分の研究者としての将来が閉ざされると考え、求めに応じて神奈川県三浦市にある教授の海辺の別荘に泊まることもあったという。

週刊誌に書かれていたのはそういうことです」

「なるほど。いかにも週刊誌のような書き方ね」

「研究室の学生は、全員、海風荘に泊まったことがあります」

「二人きりでも？」

「ええ、先生の別荘は、標本の採取とか海水に関するいろいろなデータを測定する基地みたいな役割をしていましたから」

「あなたも？」

「わたしは……、たまたま先生と二人きりになったのは、あの日だけです。しかも泊まらずに帰りました」

「聡美さんは？」

「あると思います。修士論文のテーマは相模湾の生物についてです。博士課程に進んでからは、すぐ近くの海洋研究所に詰めていましたから、泊まることは多かったと思います。でも、先生は池袋キャンパスに研究室があって講義もありますから、東京にお住まいです」

「週末も？」

「週末も池袋の研究室にいらっしゃることは多かったです。そうでない日はもしかしたら別荘に行かれたかもしれません」

「先生と聡美さんの間に、男女の関係があったと思いますか」

「わかりません」

洗面所の化粧ポーチが目に浮かんだ。

「直接そういう話を聞いたことはありません。男の院生は、冗談半分で聡美さんに、先生とできてるんじゃないかと言う人もいました。そんな時、聡美さんは『そういうあなたよりは先生の方が素敵だと思っているけど』と答えていました。聡美さん、美人だし、ちょっと大人の色気もある人で、人気があったんです。わたしが研究室に入った三年生の時大学院にいた男性は、多かれ少なかれみんな聡美さんに気があったんじゃないかなって、そう思ってます。

でも、でもですよ。そんなこと、どうでもいいと思いませんか?

同じことに興味があって、一生かけてそれを追い求めようとしている人が、お互いを尊敬し合って、それぞれを大切だと思うのは、とても自然なことだと思います。恋愛感情も抱いていてもいなくても」

そう言いながら、千夏は自分よりも国頭に近いところにいた聡美にいくらかのライバル心を抱いていたことに気づいていた。たしかに競争心があったとしても、それ以上に共感の方が強い。

「片方が相手が嫌がることを強要していないなら」

「ええ、片方が相手が嫌がることを強要していないなら。……始めはそこが分からなかったのです」

「あなたはやっぱり学者さんね」

「どういうことです？」

「確認できて分かっていることと、あなたが思っていること、想像していることを、いつも分けて発言しているもの」

肯定してもらえたのはうれしかった。

「あなただったら、拒絶しない？」

あの日、結論が出たかもしれなかったのに……。

息をひそめて、離れた部屋にいるお互いのことを思い、信号《シグナル》を送り合っていたのかもしれない瞬間のことを思い出した。

「その人を失ったら本当の気持ちがわかるのかしら」

「自分の人生の大きな部分で、あの人のいない世界を考えたこともありませんでした。ずっと、一緒に同じ研究をしていたかった」

「もう過去形なのですか」

婦人は千夏の顔に射《さ》した影に気づいたようだった。千夏の顔をじっと見つめてくる。

千夏の息が荒くなった。繰り返し肩が動いている。

「亡くなったんです。先生も、聡美さんも」

喉から絞り出すような声だった。

「騒ぎになってすぐに、聡美さんと連絡がとれなくなりました。

研究室のパソコンに、誹謗《ひぼう》中傷のメールがたくさん来ていました。

色仕掛けで国頭教授に取り入っていたくせに週刊誌にゴシップを売ったとか、お前は大切な科学者を殺すようなことをしたのだとか、そんな内容のものもありました。

直接本人にも届いていたと思います。論文を探せばメールアドレスを見つけるのは簡単です」

「自殺？」

「わかりません。遺書はありませんでした。毘沙門《びしゃもん》湾の漁網で見つかりました。

週刊誌には聡美さんが先生からセクハラを受けていると語ったように書いてありました。でも、聡美さんはその週刊誌の記者からセクハラについて取材を受けたことなんてありませんでした。海洋研究所から戻って海風荘の前で先生と話をしているところを写真に撮られただけだったんです。

二人とも顔を向け合って心の底から笑っていました。

その姿は、まるで幸せそうな恋人同士のようでした。そういう写真です。

でもちがうんです。週刊誌のその写真を見て、わたしたちは記事全体が捏造《ねつぞう》だと確信しました。

その写真の日のことはみんなよく覚えています。忘れられません。

聡美さんが修士課程一年の時からずっと集めていたデータから、新しい発見があった日だったのです。

国頭先生にすぐに知らせに行く。

海洋研究所の所員にそう言って飛び出して行ったそうです。

その後、聡美さんの新発見を、わたしたちみんなでお祝いをしたんですよ。

二次会の後、調子に乗って、池袋のキャンパスの近くの西山公園で騒ぎすぎて、お巡りさんが四人も来ちゃったくらい、それくらい、みんなで喜びあったのです。

週刊誌の写真の隅にカメラマンの名前がありました。二年ほど前に聡美さんが取り上げられたことがありました。〈理系美女図鑑〉という別の週刊誌の特集があって、聡美さんを撮ったカメラマンが、ずっとつきまとっていたのだと分かりました。その時、聡美さん宛に、その男からのメッセージがたくさん送られて来ていたのです。そのやりとりの宛名と差出人を偽装して、先生と聡美さんのやりとりであるかのように週刊誌に載せていたのです。聡美さんにしつこく交際を迫っていたのは、国頭先生ではなくカメラマンだったのです。

その二日後の朝のこと、国頭先生の遺体が見つかりました。海風荘のある入江の外に漂流していた先生の小舟を漁師が見つけました。少し離れた所で先生の遺体も見つかり、漁船に引き上げられました」

「先生まで……」

「その知らせを受けたとき、自殺かもしれないと思いました。

警察の判定は事故死でした。遺体から大量のアルコールが検出されたこと、それから、発見された小舟に、回収された測定箱が二つ、代わりに沈める新しい測定箱が二つ、見つかったのです。別荘の居間には空になったウィスキーの瓶がありました。先生はいつもよりもかなりたくさんのお酒を飲んだ後、夜明けに舟を出して測定箱を交換しに行ったのです。その週の当番だったのは聡美さんでした。みんな、聡美さんの死にショックを受けて、当番のことを忘れていました。先生はそのままではデータが抜けてしまうからと、自分で測定箱を交換しに行ったことがわかりました。酔ったまま舟で海に出て、身を乗り出して作業をしているときに誤って落水してしまったと考えることが、いちばん自然だという結論です」

「なんということでしょう」

百メートルを全力で泳ぎ切った時のように、千夏の息が荒かった。

「次の週がわたしだったのだから、繰り上げてわたしが行かなくてはならなかったのです。わたしが行けば、先生は死ななかったのに……」

千夏が声を挙げて泣き始めた。

婦人は彼女をじっと見守っていた。

「騒ぎが収まるまで、わたしは海風荘に近づかない方がいい。それればかり考えていて、自分の当番のことだって忘れてしまっていました。それなのに、自分が騒動の真《ま》っ只中《ただなか》にいるというのに、先生は……、あの人はお酒を飲んでも研究のことを忘れていなかったんです」

「先生はご自分のスキャンダルは気にしていらっしゃらなかったような気がしま

す」

「そうでしょうか」

「でも、大事な教え子の聡美さんが自分との関係を疑われて、亡くなってしまったのはショックだったでしょうね。重要な新発見をしたばかりの将来のある学者さんなのでしょう？」

「そうです。ほんとにそうなんです。聡美さんは立派な研究者です。悔しいです。聡美さんが男の研究者だったら何も起きなかったはずなのに……。どうして女だったというだけで、こんなことになるんでしょう。理不尽だと、ばかばかしいと、思いませんか」

「あなた……ええと、そういえばまだ名前を伺ってなかったわ」

「すみません。ずっと名乗りもしないで。千夏、植田千夏といいます」

「千夏さん？　わたしはヨウコ、太平洋の洋に子ども、平凡な名前」

洋子さんはやわらかく笑っていた。

「千夏さん、今夜はここに泊まっていらっしゃい」

「いえ、そんな」

「何を言っているの、こんな嵐の夜に。もう外へは出られないでしょう。第一、もう電車だって止まっていますよ。今日は午後六時以降、ＪＲ横須賀線は列車の運行をやめる。昨日の夜にそう発表されていたのを知らないでこんな荒れた海まで来たわけじゃないでしょう？」

千夏は、自分の顔から血の気が引いていくのがわかった。

風で飛ばされた何かがどこかにぶつかった音がした。電線がひゅうひゅうと音を立てている。窓の外では、街灯の光の円錐が照らすアスファルト上の円の中に激しい雨が塊を作りながら叩きつけ、空から降ったガラスの破片のように弾《はじ》けていた。

もしかしたら、婦人は、洋子さんは、気づいている。

「三日前、今日、終電で海へ来ようと決めました。今日がその日でした。池袋発二十三時三十分、鎌倉着午前零時四十九分。バスはありませんが、駅からこの材木座海岸までは歩いても来られます。

砂浜に立つと、真っ暗な海が目の前にあるはずでした。晴れていても白い波頭はあまり見えないと思いました。

それなのに、今日に限って、よりによって、わたしをここへ連れて来てくれる最終電車が運転されないというのです。

〈横須賀線は午後六時以降、運転を休止する〉ってなんですか。

もちろんアプリでも確認しました。いつもだったら、出発駅と到着駅を入力して、終電の時刻が検索できるはずです。検索しても出て来るのは赤い文字で「午後六時以降運休」と表示されるだけでした。

午後六時以降って、どこの午後六時ですか。池袋から鎌倉までいつもの終電は一時間半近くかかります。同じなら、池袋六時発なら鎌倉には七時半、鎌倉に六時なら池袋発は四時半です。

最終電車は何時なんですか。

ＪＲに問い合わせました。池袋駅の人も、鎌倉駅の人も、ＪＲとしても臨時の措置なので分からないというのです。お問い合わせセンターの人も。混雑も予想されますし、天候によって遅れも出ますしって。じゃあ、なるべく遅く鎌倉駅まで行くには何時の電車に乗ったらいいんですか。今日中に鎌倉まで行くご予定でしたら、なるべく早めに移動を開始してくださいと言われました。わたしはなるべく遅く行く方法を尋ねたのですよ。

とにかく確実に今日のうちにここへ来る必要がありました。

余裕を見て、三時半に池袋駅で湘南新宿ラインに乗りました。車内はそれほど混んでいませんでした。空も晴れていました。車窓から見る木々がいつもより強い風で揺れていました。電車は何ごともなく戸塚に着き、乗り換えた横須賀線も何ごともなく鎌倉に着きました。所要時間は一時間十七分。驚くほど順調でした。

海に着いたのは午後五時を少し回ったところです。

明るかった。海がキラキラしていました。でも、次々に押し寄せてくる波がとても怖かった。

海にはまだ人がいました。国道には車も走っています。誰かに見られてるような気がしました。季節はずれの海です。サーフィンをするわけでもなく、ふつうに街から出て来た格好で、台風が来るというのに波打ち際まで近づいて、一人で海を見ている女。

暗くならないとだめなのです。電車があって、引き返すことができてはだめなのです。

時間を潰して暗くなるのを待とうと思いました。

海からふと辺りを見わたして、それで、この白い家が目に留まったのです」

「あなたの背中、あの人と同じだったから」

「あの人？」

「うちの主人も、バルコニーに立ってずっと海を見ていたの。内装はリノベーションをしている最中だったけど、バルコニーはテーブルとデッキチェアを置けば終わりだったから、わたしたちは引っ越してくる前にも、よくバルコニーには来ていたの。白い椅子に背中を預けて、コールマンのマイクロストーブでコーヒー淹れたりしてリラックスしていたのよ。ところが、あの日は、さっきのあなたのようにいちばん海に近い手摺りの所で、背筋を伸ばしたまま、ずっと海を見ていたのよ。

何をしているのって訊《き》いたら、荒れている海もいいものだよって。でも、表情はこわばっていて、ちっともいいものを見ているみたいじゃなかった」

いやな予感がして、鳥肌が立った。

「次の日の朝、あの人はいつもより早くボードを抱えて出ていったまま、帰ってきませんでした。彼のボードが浜に打ち上げられているのを、後から来た仲間が発見したの。ボードにリーシュコードはついていたけど、彼の足には繋がれていなかった」

「事故だったんですか」

「警察は事故と断定しました」

「本当はそうではないということですか?」

「もうじきこの家に引っ越すというときに、突然、借金取りが来たのよ。わたしは知らなかったんですけど、友達の保証人になっていて、三千八百万円。彼は五千万の生命保険に入っていた」

「死んで返したということですか」

「結果的にはね。でも、あの人はたかがお金のために死ぬような人じゃありません。お前に迷惑をかけるけど、ふたりでなんとかがんばろう。一度はそう言ってたんですよ。でも、友達に裏切られたことがショックだったんだと思う。借金を取りに来た人と保証人になった彼の友達がグルだったの。彼はサーフィンの世界でベテラン中のベテランですよ。海へ出るときには、必ずリーシュコードの点検をして、少しでも傷んでいれば早めに交換してました。切れることも外れることも、あの人に限っては考えられません」

「この家には住めなかったのですね」

「バルコニーにテントを張って何度か泊まりましたよ。中はまだできていなくて。楽しかった。月がとってもきれいな夜だった。わたしのことを人生のすべてだって口癖のように言ってくれていたのに、わたしを置いて自分で死んじゃった。それがわたしにはショックだった」

「人間は、思いがけないことが起きると、その瞬間、冷静にものを考えることができなくなるものですから……」

婦人を慰めるつもりで発した言葉が自分の胸に刺さって、語尾がかすれた。

涙がぼろぼろとこぼれてきた。

婦人が千夏の手を握った。温かい。

「千夏さん、あなた、帰らないつもりでここへ来たのね」

千夏は黙ってうなずいた。

「勇気が無いから、挫《くじ》けてしまって引き返せないように、家に帰れないように、終電で来る計画だったんです。それなのに、よりによって計画した日に台風が来て、ちゃんとした終電の時間がわからなくなって、どうしようって思って。でも、延期したりしたらもう絶対二度とできないと思ったし、とにかく鎌倉に来なくてはと……。

新月だから夜だったら暗くてほとんど海が見えないはずだったんです。きっとその方が怖くない、でもまだ日没前で、押し寄せてくる波を見ていたら怖くなって、後ずさりするように気がついたらここのバルコニーに立ってました」

「でも、どうして材木座を選んだの？　由比ヶ浜の方が駅からまっすぐで近いのに」

「この季節、黒潮が北に上がっていて、分流が相模湾に入って来ています」

「サーファーもみんなそう言ってるわ」

「最後の賭をしてみようと思いました。材木座から海に入ると、確実に岸に沿って南へ流されます。もしかしたら海風荘の入江に流れ着くかもしれないって。死んだ後どこに行こうとそんなことどうでもいいのに、死んだ人間がそんな未練がましい自己主張みたいなことしたって、迷惑なだけだし、しょうがないのに、わたしったらバカですね。ほんとにバカ。

　そんなこと考えるくらいだから、本当は死にたくなんかなかったんです。洋子さんと話をしている間に気がつきました」

「よかったわ。ほんとに偶然だけど、ほんとによかった」

「波打ち際から振り返ったとき、この家しか目に入りませんでした。いろいろな家が並んでいるのに」

「うちを選んでくれて、ありがとう」

　不思議な会話だと思う。初めて偶然に会っただけなのに、バルコニーに不法侵入していた女なのに。神様がいたずらをして、嵐で終電をなくしてしまったせいで、海で大事な人をなくした、それぞれまったく違う形で海と深く付き合っている女二人が、窓を打つ雨の音を聞きながら、大きく息をするように吹き抜けていく風の音を聞きながら、誰か他人には言えない話をしている。

「うちの人、あなたの、その、海風荘のある入江で見つかったんですよ」

静かで淡々とした言い方だった。

「やっぱり黒潮が蛇行していた年の大潮の日でした。千夏さん、あなたの言うとおり」

それは国頭が教えてくれたことだ。

そう言おうとして、千夏は言葉を飲み込んだ。

〈千夏、B定食おごるから、バンクーバーに来い。おれは本気だ〉

手にしたスマートフォンに大木からメッセージが届いていた。

〈ばーか。でも、A定食だったら、考えてあげてもいいよ〉

返信を送り終わった指で、千夏は天気予報のアイコンに触れた。

明日朝には、台風は三陸《さんりく》沖に抜ける。

第四話　インターカム

『このままじゃ乗れないじゃないか』
小沼《こぬま》のイヤフォンからけんか腰の男性の声が聞こえていた。
『まだ電車は運行しています。あわてず、落ち着いて進んでください』
『いったい何時まで電車、動くんだ。終電を延長しないのか』
『池袋駅発午後八時までは運行いたします』
残響を伴った少し離れた声。
『こんなに客がいるのに乗り切れるのか？』
時折、イヤフォンが歪《ひず》むほどの怒鳴り声が聞こえていた。
まずいな。地上改札は荒れている。
どうやら、改札で整理に立つ大田原《おおたわら》さんのインカムが、送信しっぱなしになっている。
『押さないでください。落ち着いて、前が空いたら一歩ずつ進んでください。ただ今、改札内は大変混雑しています。安全に乗り降りをしていただくため、入場制限をしております。まだ電車は動いています。ゆっくりと順番に入場できます。押さないでください。静かに進んでください』

ハンドメガホンを使って定期的にアナウンスをする。杓子定規《しゃくしじょうぎ》に受け取られないよう硬い言葉を避ける。ハロウィンの夜のＤＪポリスのビデオを、うちの会社の広報部が何度も見て研究したという。

そろそろメガホンを持つ手が疲れてきている。

「今はプラスティックで軽くなっているが昔はラッパが金属でできてたからもっとずっと重かったんだぞ」

手渡してくれた多田《ただ》さんはそう言っていたけれど、あとで調べたら多田さんが入社したときにはもうほとんどのハンドメガホンはプラスティックになっていたはずだ。

改札へ向かう人々は言うことを聞いてくれる。黙々と従ってくれる。数え切れない人々がほとんど口をきかず、自分の立っているところに向かって来ては通り過ぎて行く。驚くほど秩序立っている。この状態を保たなくてはいけない。

外は雨だ。風も強くなっている。

駅に向かう人々はあちこちの入り口から地下に潜り込もうとしている。地下への入り口が塞がり、どうにも入れないと判断した人たちが傘を風に煽られながらこの地上入り口にも押しかけているのだ。

駅員数人で入ってくる人数をコントロールしている。

雨に濡れている人を外で待たせるのは辛いがそうしないと人が死ぬ。

押されて転べば、低気圧の中心に向かって風が流れ込むように、その空間に人が押されていくのを止める物がなくなり、タイルの敷き詰められた床から二度と立ち上がれないまま、何十何百の、誰ひとり自分は決して踏みたいなどと思っていない人たちによって、無残に踏まれてしまうかもしれないのだ。

おそらく、倒れた人をいったんは踏んで、しっかり自分の足で踏みとどまり、瞬時に後ろの人を制した方がいいはずだ。

だが、人は平気で人を踏むことができない。

目の前の人が転んだ時、後ろにいた人間は足元に横たわる誰かを踏まないように、急ぎ膝を折って大きく前に足を踏み出し、なんとか跨《また》ごうとする。

ところがいまこの状況で、踏み出した先に足を降ろす空間は無い。足で支えることのできなくなった体はそのまま前に立つ人の背中にぶつかる。不意に背中を押された人間は、同じく前に踏ん張るスペースを得られないまま前につんのめる。倒れた人を踏むことができない人々の善意の連鎖によって、あっというまに将棋倒しが起こるのだ。

絶対に事故は防がなくてはならない。

『そのままお待ちください』

それでも、雨の中に立ったままの人を跳ね返し続けるのは心苦しい。

目の前の、この自分の視野の中にいったい何人の人がいるのだろう。

『あ、いけね』

視線を遠くに運んだとき、風が吹き込んで来るのと同時に、大田原さんの素《す》の声がした。

『すみません。送信しっぱなしでした。十八時二十分発、発車しました。地上改札、これより追加入場します』

大田原さんが気がついて送信をオフにしたようだ。

腕時計を見て、ストップウォッチをスタートした。

「お前の腕には大きいかもしれないが」

鉄道マニアの父が、入社を喜んで記念にプレゼントしてくれた時計だ。

その時計で、一時閉鎖していた改札のところで人が動き始めてから、現在地で人が動けるようになるまでの時間を計る。それでここから改札までおおよその人の密度が分かるのだ。

いったん計測しておけば、次の測定で差を見ることで、その時点より事態が悪くなったのか良くなったのか、それもわかる。

『ただいま、十八時二十分発、最終の特急、発車いたしました。まもなく入場再開します。なお、これより後、最終電車まですべて各駅停車となります』

特急や急行がなくなると、遠い人は余計に時間がかかるようになる。だが、時間当たりの輸送量を上げるためには、速度を揃えて一定間隔で運行した方が効率がいい。急ぐ人のためにエスカレーターで右側を空けると、全体の輸送量が減って左の列がとても長くなる。

やっと人がゆっくりと進み始めた。

ストップウォッチを止める。四分二十秒ほど経過していた。改札から二百メートルもないというのに、前で動き出してから、動きが伝わるのにこの時間だ。

残り一時間四十分で、無事、すべての乗客を乗せることができるだろうか。

二時間前――

「予想よりそんなに出足が悪いのか」

　午後四時半過ぎ、駅長がデータセンターからの連絡を復唱したとき、在室の駅務員たちのあいだに緊張が走った。

　普段なら交代で休み《オフ》になっている駅員も顔を揃えている。シフトを調整して全員出勤体制《オールハンズ》だ。今年最大の混雑が予想されている。

　駅長の佐渡山さんがセンターと話している。向こうの声は聞こえない。

「台風はどうだ？」「……」「よし、わかった」

　駅長が電話を切ってフロアを見渡した。

「みんな、ちょっと聞いてくれ」

　駅長のかけ声に、部屋にいたみんなが顔を向けた。駅長は席を立って話し始めた。

「台風はまっすぐこちらに向かっている。昨晩からの予報通りだ。台風は予想した通りだが、人の流れが我々の予想より遅い。最終電車直前に旅客が集中する可能性がある」

　大型で強い台風二十二号の接近にともない、首都圏の各鉄道会社が終電を早めるというアナウンスをしたのは、昨日の午後のことだった。テレビ局の夜のニュースで一斉に報じられたはずだ。

人々が準備ができるように十分に早いアナウンスをしたい。ただし、早すぎるアナウンスは台風の予報精度が悪くなる。施策は台風進路のズレがあっても十分な余裕で安全範囲に入らなくてはならない。そのぎりぎりの遅さで行われたアナウンス。契約している気象情報会社に、いまの予報がどのくらいの精度なのか、台風が予報より早く来たり、遅くなったりする可能性がどのくらいあるのか、誤差があるとしたらどのくらいなのか、それを確かめて決断されたアナウンスのタイミングと最終電車の時刻であるはずだ。

それで混乱は避けられるはずだった。

〈列車の運行は午後八時頃までで終了〉

うちの会社はそう決めてプレスリリースを出した。

アナウンスによって、仕事を早く切り上げて社員を帰宅させる会社もあるだろう。いつもなら残業をしている部署も、多くは遅くとも定時には帰宅の途に就くだろう。朝から出かけるのをやめる人もいるかもしれない。

多くの人が仕事を終えて、慌てずに帰宅できる……はずだった。

それがどうやら鉄道会社の思惑通りにならなかったらしいのだ。八時で終わってしまう、ではなく、八時までなら動いている。そう印象づけてしまったのかもしれない。

自動改札で計測されている、今日始発からの上りの乗客数からこの時刻までの下りの乗客数を引いた残り、その全員を同じ日のうちに送り返すのが鉄道の使命だ。

「十七時までの下りの乗客数が伸びなかった。思ったより大きなピークが短い時間に来る。特急の運転を早めに終えて、十九時にはすべての列車を普通列車に切り替えることにした。実質的な増発だ。運転指令室による更なるダイヤの組み替えは間もなく終わる。我々のミッションは短い時間で乗客を乗せ、ピークの時間帯に於いても、組み替えられたダイヤ通りに乗客を送り出すことだ」

駅長の言葉の意味を駅員みんなが理解しているはずだった。

一つの列車に無理にたくさん乗せようとすれば、発車までに時間がかかってしまい、列車の発車間隔が開いてしまう。それでは時間当たりの輸送力は却《かえ》って下がってしまう。

現時点での乗降客数、つまり、町に出て来てまだ帰っていない乗客の予想人数から、改めて最終電車までの列車本数を決める。そのために特急、急行、準急を無くし、普通列車を並べて駅から送り出していく。例《たと》え最終電車をいつもより四時間早めたとしても、トータルの輸送力はそれで確保できるはずだ。

秩序を保って乗客を乗せ、スムーズに列車を発車させる。

単純だが簡単ではないミッション。それがこの駅の駅員の使命だ。

たくさんのトラブルも予想される。

だが、いま駅長の言葉を聞いた時の駅員たちは、むしろその緊張を楽しむような空気すら漂わせていた。

うちの人間たちはいつもそうなのだ。

けっして台風を喜んでいるわけではないけれど、ピンチを迎えるとアドレナリンが出て来る。

公共サービスを支えていることを誇りに思っている。安定した運行を確保することの重要性を理解している。

いつものように仕事に行く人。疲れ果てて家に向かう人。酔っ払っていい気分で列車に揺られる人。親の死に目に会いたいと急ぐ人。恋人に会いに行く人。

鉄道はひとりひとりの大事なものに関わっている。

多くの人にとって鉄道は当たり前にそこにある。けれど、いったんそれが失われると、どれだけ自分がそれに頼っていたのかがわかるのだ。

東日本大震災のとき、津波で流されてしまった三陸鉄道が全線開通したのは三年後だった。津波に加え、原発事故で沿線を寸断され、九年かかって全線開通に漕《こ》ぎ着けた常磐線《じょうばん》。東京で満員電車に押し込められた人のほとんどが忘れていたかもしれない年月の間、それらの鉄道の沿線の人々は「当たり前にあったはずの鉄道のない暮らし」を続けていた。

「とりたてて意識されずに動き続けているのが鉄道のあるべき姿なんですよ。黙々と人や物を乗せて動き続ける。それを守るのが我々の仕事です」

この会社の社長が雑誌のインタビューでそう言っていたのをたまたま読んだ。鉄道マニアでもなんでもなかった自分が、その言葉に胸を衝《つ》かれ、就職先にこの会社を選んだ。

卒業が近づき、楽しい学生生活が終わってしまう頃、学友たちが厳しい社会人の世界に入っていく不安にさいなまれていたときでも、自分はそうではなかった。採用が決まったときからなんだか胸を張れる気分で、早く入社したくてしかたがなかった。

車両の構造、速度と制動距離の関係、鉄道に関わる法律、ダイヤ編成の基本、輸送力の最適化、鉄道会社の固定費と変動費。減価償却。

座学の研修でも、鉄道のことなど何も知らなかった自分には見るもの聞くものすべてが新しく、楽しいまま時間が過ぎた。

就職が決まり、新人研修が終わる頃には、いつのまにか鉄道マニアになっていた。鉄道会社に入ったものの、そこで何をしたいのか、自分のイメージはとてもぼんやりしたものだった。

新入社員教育の仕上げの現場配置があった。

保線部での実習で待避所から目の前を間近に通る列車の轟音《ごうおん》を聞いた。電車が多くの時間惰性で走っていることも知らなかった。ブレーキをかけて止まるまで何百メートルも必要なことも知らなくて、シミュレーターで列車を動かしたときには、オーバーランばかりして一度も駅の停止位置で車両を止めることができなかった。

指令室ではコンピューターで架空の運行ダイヤを作った。最終列車のあと脚立に乗って広告を貼り替えた。

そして駅務実習のとき、この池袋駅で生まれて初めてホームから最終列車を見送った。

各駅で列車を出発させるのは車掌の役割だが、最終列車だけはホームから駅長が出発の合図を出す。

最終列車は改札を閉じた時刻以降、構内にいるすべての乗客が全員乗車していることを確認して初めて発車できる。シフトに当たった駅員が、ホームはもちろん、トイレの中まで確認して、柵内《ラチ》コンコースに一人の乗客も残されていないことを確認したと報告が集まったとき、駅長は手にした合図灯をかざして運転士に発車の許可を出すのだ。

誰もいない深夜のプラットホームに立ち、駅長が合図灯を掲げると、最終列車は、ガツンと連結の遊びを解消する音と共にゆっくりと動き出す。モーターの音、車輪がわずかに滑る音、加速で車体が軋《きし》む音、無観客試合のようにふだん騒がしいホームでは聞こえることのないさまざまな音が、人気《ひとけ》の無くなった駅の空間に響き渡り、やがて列車が遠ざかると、駅は大きな静けさに包まれる。そう静けさに大きさがあるのだと、その夜に感じた。

これ以上ないほど背筋を伸ばしていた駅長が、その瞬間、緊張を解くのが遠くからでも分かった。ゆっくりと吐く安堵《あんど》の息の音が聞こえてくるようだった。無事に駅の一日が終わったのだ。

その姿を見て、自分は配属先として駅を志望した。そして希望が叶《かな》った。

駅務員はお客さんに接する最前線にいる。

新入社員でも制服を着てそこに立てば鉄道会社全部を背負っている。その心の重みは大きい。配属されてまもなく、休憩のために通路を歩いていて、トイレの場所を聞かれ、遠い施設を教えてしまった。車椅子でプラットホームに行くにはどうしたらいいかと聞かれて答えられなかった。

あれから三年が経って、いま、少し仕事に自信が付いてきた。

「本数は増やさないのですか」

駅長に質問してみた。

「午後八時以降、どんな悪天候になっているか分からない。増やせるかもしれないが、後ろに伸ばすと運行が危険になる可能性もある。あるいは雨風によって線路に障害が発生する可能性もある」

沿線で土砂崩れがあるかもしれない。立木が倒れて、線路を塞いでしまうかもしれない。線路の障害物を取り除くのは保線担当だが、そもそも作業が危険になってしまうかもしれない。

もし事故によって電車が運行できなくなり、よりによって台風の晩に町に取り残されてしまう乗客を作り出したくはない。

「諸君の奮闘を期待している」

いつも穏やかな口調で話す駅長が、こういうときには「諸君」という言葉を使うのが可笑《おか》しい。顔に出さなくても駅長もこの緊張感を楽しんでいるのだ。

ふつうなら非番になる者も招集をかけられて集まっている。自分もその一人だ。幸せなことに、それが嫌だという気持ちは微塵もなく、むしろ使命感に燃えているといった方がいい。

「俺たちみんな社畜だよね」

と山上《やまがみ》さんがうれしそうに自嘲すると「シャはシャでも車の方の車畜」と下山《しもやま》さんがツッコミを入れるのは、シフトの違う山の上下の二人が揃った今日のような日ならではのことだ。

「事務所に待機する者は情報の更新に注意すること。医務室近くの動線の確保が難しいので、知っての通り他の駅から応援に来てもらっている。ただし救急車は発生現場に近い入り口、つまり、外からのアクセスなので、事案が発生したときに臨機応変に動線確保を行う。あと、無線機のチャンネルの確認を怠らないこと」

駅長が項目を挙げていくにしたがって、駅務員たちの頭の中で、駅はただの構造物では無く、それぞれの持ち場に駅員がいる立体的でダイナミックなイメージが出来上がってくる。体のツボに針を立てることで血が通い始めるように、日常で意識されにくい駅の部位全体に順に光が当てられていくような明晰なイメージが見えてくるのだ。

「では、安全第一で、最終電車までがんばってください」

「はい！」

いざ出撃。全員の口角が引き締まった。

「はいこれ」

「ありがとうございます」

大田原さんが自分のを取るついでに、壁の帽子かけからわたしの帽子をとってくれた。

「小沼の帽子は一目で分かるからな」

「ですよね」

帽子をかぶり直し、壁際の充電ステーションから無線機をピックアップ。ポケットから取り出したイヤフォンマイクを装着して、電源スイッチと周波数のチャンネルを確認。そして、あらかじめ決められたそれぞれの持ち場へと散っていく。

部屋を出る前にふと壁のディスプレイを見上げた。

発車の遅延はないようだ。各地のモニターカメラによれば混雑が始まりつつあるようだ。いちばん端のテレビ画面では、風雨の強まった有楽町《ゆうらくちょう》駅前のようすを伝えるNHKテレビが映っていた。

これから最終電車が駅を出るまでオールハンズの戦いが始まる。

地上入り口では、コートの肩を濡らしてしている人が増えてきた。傘が役に立たなくなっているのかもしれない。気温は二十八度。体を濡らした人々が濡れた傘を持ち込んでいる。列の最後尾はどんな状況なのだろう。

この建物に入ろうとする人が溢れているのだろうか。

『三十九、入場規制します』

無線が入った。

地下道の一番先端の入り口を閉めるという。三十九は入り口からいきなり下り階段になっている。外に人が溢れると、雨風を嫌う人が前の人を押す。何年か前にも事故が起きたことがある。

地下の入り口が一つ閉鎖になったことは乗降客たちには伝えない。この場所にいる者には関係がない。日常と違う変化を知れば不安が高まる。

この駅には三つの鉄道会社の駅がほぼ並行して並び、地下鉄の三路線がさらに地下を横切る。駅の中心部から地下に通路が広がる。

西口からは三百メートル以上の地下道が延びる。強い雨の中、地上にいた人々はできるだけ早く地下へ潜ろうとするだろう。

東口は、百貨店の二つの建物の間にある地上と地下の入り口から改札までの距離は短く、地下通路も百メートルほどしかない。

『ただいま安全確保のため改札で入場制限をしております。列車が発車してホームが空き次第、順次御案内いたします。列が進まない時間がありますが、前のお客様との間を詰めますと大変危険です』

この先の希望になることは案内する。

メガホンでほぼ同じことを繰り返す。

次に言うときは、ほんの少し変える。

第一に、まったく同じことばかり言っていると自分が飽きてしまう。もうすでに一時間、同じ内容のことを二十回以上は言っている。飽きると言葉の端々がおざなりになってしまう。駅員がおざなりだと分かると、居心地の悪い状態に長い時間置かれている人たちは大事にされていないと感じ、怒りの感情を抱くこともある。第二に、わずかでも違う言い方をすると、聞いている方も飽きない。待たされているという心が少しだけ満たされる。第三に、繰り返し同じだと思うとやがて注意深く耳を傾けなくなる。次にもし緊急で重要なことを言う必要ができたときに反応が悪くなる。

『増発しています。列車本数は十分にあります。慌てず、マイクのアナウンスに従って順にお進みください』

十分に本数があるという言葉に手応えがあった。無言のなかで空気が反応して伝わってきた。人々が心の中で「よかった」とつぶやいた「気」のようなものが空間に漂った。

ほとんどの人はひとりだ。黙々と立っている。

順番がやって来て開いたドアを自分が跨ぐ瞬間を待っている。

ごく少数のグループの人も多くは黙っている。長時間、隣り合わせの位置が変わらない赤の他人に、話の内容を聞かれ続けることをよしとしない。たまに当たり障りのない言葉を二言三言交わして、また沈黙する。

無線が入った。

今出発の列車は定刻を守ることができたそうだ。

順調だ。

『ただ今、臨時普通列車発車しました。改めて、改札を開きます。皆様、まもなく列が動きます』

できるだけ落ち着いた話し方をする。

気がはやって押す人もいる。危機感を煽ってはいけない。待ってさえいれば今の苦痛も不安も解消するということを静かに落ち着いた口調で伝えるのだ。

満員の通勤電車に近い状態の今の駅で、パニックが起きたら確実に人が死ぬ。

ここに立っている自分も巻き込まれる。

本当のことを言えば怖い。でも怖い気持ちを悟られてはいけない。

協調すればみなが助かるときでも、人々が不安に駆られて我先にと動き始めれば、
多数の人間が最悪の状態に直面する。

限られた空間に押し込められひしめき合う人々はそれを知っている。

そして、心のどこかで怖《おそ》れている。

ほんの小さなきっかけで、誰も望んでいない、誰も止められないことが起きるか

もしれない。

『こちら三十九、再び開放します』

無線が入った。地下街の先の方が空いてきたのか。

『三十九、外の人通りのようす分かりますか』

『人通りは少なくなっています』

『了解』

この三十分ほどの間に通過していった乗客は落ち着いていた。通勤客たちはここから改札まで、改札からホームまでの距離を知っている。

たかだかそれだけの距離。しかし、いまはその距離にどれだけ時間がかかるか誰も分からない。それでも、前に進むことは分かっている。

『一斉通知《ブロードキャスト》、一斉通知』

無線が入った。

『台風二十二号はミーティングで確認した予報進路をやや速度を上げながら進んでいる。風が先に上がってくる。最新の予報によれば、午後八時には都内で風速が二十メートルに達する可能性がある』

運行できるとしても徐行しなければならないかもしれない。

『下り電車は全線で速度を下げる可能性がある。その場合は運転間隔を狭める』

最終列車の出発が遅くなると天候によるリスクが高まるから、輸送力を前倒しにして、午後八時からあまり遅くならないうちに待っている人を乗せてしまう方針だと理解した。

『あと十五分で運転指令室がダイヤを最新のものに更新する。一斉通知、終了』

運転間隔を詰めるということは、今まで以上にテンポ良く乗客を乗せなければならない。

腕の見せ所だ。

幸い乗客は平穏な状態にある。

ある種の共通の諦めが漂っている。時間はかかるが、待っていれば進む。とにかく電車に乗れさえすれば家に帰り着くことができるのだ。

不安は人を凶暴にするが、希望は人を高貴にする。

繋がりのなかった他人同士が、同じ環境の中で苦難を共にしている。無言のまま連帯感が作られてくる。

時折、スマートフォンを手にして、アプリで天気予報を確認したり、家族や友人とSNSで言葉を交わしている。

別の駅で同じように列を作って待っている友人、夕食を作って待っているというメッセージをよこした妻、もしかしたら、同じ職場を少し前に出た同僚が列の前にいて、ホームのようすを伝えてきているかもしれない。

それなら、自分より駅のようすが分かっている。思わず小さく笑った。

乗降客たちの「いま」を夢想してみたら少し緊張が和らいだ。

気がつけば、人と人の間隔が少し広がっている。

傘から滴を垂らしている人が多い。雨が激しくなっているのだろうか。

『傘の滴で床が滑りやすくなっております。お足元には十分にご注意ください』

気がついたことをすぐにアナウンスができるようになった。三年前にはメガホンに自分の声が乗るのが怖くて、思ったことが言えず、最低限のことを繰り返し話すだけだった。

濡れた傘が増えたのは、列の進みが早くなって水が中まで持ち込まれやすくなった可能性もある。

油断はできないが、最終電車まで、無事にやり過ごすことができるような気がしてきた。

『こちらセンター。西口で、風のためC2、C6を閉じたそうだ。四十、四十一、大丈夫か』

C2は駅の反対、西口側の一番遠い地下入り口で、別の鉄道会社の担当になっている。C6はその手前。C2もC6も、東口側の四十、四十一も、北側に向かって口を開いている。

『こちら四十、大丈夫です。まだトラフィックあります。一分あたり数名』

『こちら四十一、こちらも大丈夫、トラフィック、同じです』

『了解。風が上がって厳しいようなら、現場の判断でシャッター半分閉めてくれてもいい』

『了解しました。まだ大丈夫です』

『了解』

電光時計は七時十八分。

ありがたい。交信のようすで外のようすが少しわかった。

後ろが空いているわりに列が進まない。ホームの混雑は続いているのだろう。

急に悲鳴が上がった。

「押さないで」

叫び声だ。

若い女性の声だった。痴漢だと思った。

「押しちゃ駄目」

「押さないで。立ち止まって。そのまま立ち止まって」

『どうしました?』

メガホンを使って確認する。

「人が倒れています」

『立ち止まってください』

ハンドメガホンを天井に向けて叫んだ。無線機の送信ボタンを同時に押した。

『人が倒れました。みなさん、その場に立ち止まって、いいですか? 絶対にその位置で動かないでください。死にますよ』

天井に反射した自分の声の戻りでキーンとハウリングが重なった。

『こちら、020　救援要請』

『こちらセンター、どうした?』

『確認中です』

メガホンを取った。

『人が倒れました。みなさん、その場を動かないでください。現場に近い方、手を挙げてください』

「ここです。ここです」

三人が手を挙げていた。

『わかりました。そちらへ向かいます』

「もしもし、大丈夫ですか。もしもし、大丈夫ですか。もしもし、大丈夫ですか」

聞こえてきた声で、一次救命処置の知識のある人がいることがわかった。

メガホンを進行方向に向けた。

『すみません。ゆっくりと、ゆっくりと、道を空けてください。慌てなくていいですよ。ゆっくりと道を空けてください』

将棋倒しが起きないよう慎重に人を割って目的地へ向かった。遠くはない。でも「万一」を考えて気持ちは焦る。でも頭の芯は落ち着いていた。

「AEDを用意してください。どなたか、一一九番、通報をお願いします」

群衆の中から声が聞こえてきている。最初に声を挙げた女性だ。

『緊急。緊急。ブロードキャスト。AED用意。AED用意』

たどりつく前に、無線で促した。無線の相手に伝わるのと同時に、その声が現場にいる女性にも聞こえたはずだ。

掻き分けてたどりついた先では、群衆の中にぽっかり空間ができていた。中央に自分より少し年上くらいの女性が仰向《あおむ》けに倒れていた。

そこに屈《かが》み込んでいる女性がいる。女性の胸に両手を乗せ体重をかけて胸骨圧迫をしている。心肺蘇生《そせい》のアクションだ。

『センター。どうした？』

『確認中です』

着いたばかりだ。

「心臓発作です。あ、わたし、看護師です。至急、ＡＥＤを用意してください」

運がいい。

『こちら０２０、至急、ＡＥＤをもってきてください。救急車を呼んでください。位置は、東１から約百メートル。東１から約百メートル』

『センター。了解。救急車はすでに呼んでいる』

『ＡＥＤ向かってます』

別の声がした。比留間《ひるま》さんだ。ＡＥＤは通路に何ヶ所か設置されている。

いちばん最初のブロードキャストで動き出してくれている。無線が聞こえていれば位置も分かっているはずだ。

『整理要員向かわせる。三十九、四十、現場へ向かえるか？』

『三十九、ＯＫです。入り口は人が減っています。この位置では誘導の必要がありません。現場に向かいます』

『救急車はロータリーから東１へ向かってもらっている。現場まで駆けつけられるようにルートを作ってくれ』

乗降客で埋まったままではすばやく救急車に運び出せない。

『四十、了解。向かってます。途中、ポイント十六から資材出します』

駅の建物内にはさまざまな場所に目立つようにＡＥＤが設置され、また、目立たないように非常時に使う資材を収納する場所がある。救急車が出入り口に到着した後、この現場まで素早く来れるように、素早く救急車まで運び出せるように、ロープを張って人を壁から離し、ストレッチャーが通れる通路を作るのだ。そのための資材も収納されている。

「代わりましょう。駅務員は訓練を受けています」

「ではお願いします」

三十回の胸骨圧迫と二回の人工呼吸を二人で交代しながら続けた。自分の二回目が終わる前に、ＡＥＤを手にした比留間さんが到着した。

蘇生作業の傍らで、比留間さんが手際よくＡＥＤをケースから取り出す。

「衣服を取り除きます。心肺蘇生は続けてください」

ブラウスの首のボタンが外れにくくてやきもきした。胸をはだけさせる。公衆の真っ只中だが命優先だ。ブラのフロントホックを躊躇《ちゅうちょ》なく外した。

《電極パッドを取りつけてください。コネクターを接続してください》

心臓マッサージにはコツがいるが、ＡＥＤの操作は機械の言うとおりにすればいい。

《心電図を解析中です。体に触れないでください》

「みなさん、離れてください」

看護師が指示を出す。比留間さんはさっきから両腕を拡《ひろ》げて空間を確保している。

『ただ今、傷病者が出て、救急車が参ります。ストレッチャーは壁側を通行します。しばらく、今の場所で静かにお待ちください』

離れたところでハンドメガホンのアナウンスが始まっている。

《電気ショックが必要です。充電中です。体から離れてください》

覗き込んでいた人が離れた。

《電気ショックを実行します。オレンジボタンを押してください》

「体に触らないでくださいね」

《ショックを完了しました。一時中断中です。ただちに胸骨圧迫と人工呼吸をしてください》

《電気ショックは不要です。一時中断中です。胸骨圧迫と人工呼吸を続けてください》

ズンッ、ズンッ、ズンッ、ズンッ、ズンッ、ズンッ。

交代しながら、毎分、百から百二十回のピッチで、一分から二分ごとに人工呼吸と胸骨圧迫を繰り返す。途中で看護師さんがハンカチを拡げて胸を被《おお》った。

明らかな回復が認められるか、救急車に引き継ぐまでは、心肺蘇生の作業は続けなくてはいけない。

ズンッ、ズンッ、ズンッ、ズンッ、ズンッ、ズンッ、ズンッ、ズンッ、ズンッ。

救急車はすぐ来てくれるのか。

嵐であちこちに出払っていたりはしないだろうか。

こっちは急を要する。文字通り秒を争っている。

ズンッ、ズンッ、ズンッ、ズンッ、ズンッ、ズンッ、ズンッ、ズンッ、ズンッ、ズンッ。こちらの息が切れる。

やめられないループに入っていた。

演習では待つことなく救急車が来て、傷病者役の人間はすぐにストレッチャーで運ばれていったのだ。

今の今までは演習と同じだった。

ズンッ、ズンッ、ズンッ、ズンッ、ズンッ、ズンッ、ズンッ、ズンッ、ズンッ、ズンッ。

いま、現実では救急車はいつ来るか分からない。

普段なら二十分以上かかることはない。

今日は台風だ。車のフロントガラスの前が見えない。雨で滑る。物が飛ぶ。そこいら中でケガ人が出ていても不思議はない。

ズンッ、ズンッ、ズンッ、ズンッ、ズンッ、ズンッ、ズンッ、ズンッ、ズンッ、ズンッ。

鼻を摘まんで口から息を吹き込む。大きな息で、胸が膨らんでいくほどの力で。

肺は骨に囲まれた硬い風船だ。それを繰り返し膨らませては息が抜けるのを待つ。続けるしかない。やめれば助かる命が失われるかもしれない。

この人の命が自分の横隔膜の力と腕の力にかかっているのだ。肺活量検査のとき以外で、息を吐き出す力を試されることなどなかった。

力の強さは胸骨が五センチ沈むくらい。強すぎて肋骨《ろっこつ》が折れてもいいのでしっかりと圧迫してください。

周囲の音が聞こえなくなっていた。

目眩《めまい》がする。耳鳴りがする。

遠くから距離感も方向感覚もない電子音がしている。

それが救急車のサイレンの音だと分かるまでに少し時間がかかった。

「こちら東1。救急車到着しました」

神の声だ。

助かった。

思わず、目の前の傷病者ではなく自分のためにその言葉を使った。

「通路確保、OKです」

訓練の通りだ。あとは大丈夫だ。

「代わりますよ」

　交代するのを忘れそうなほど、無心になっていた。

「お願いします」

　看護師さんが胸骨圧迫を始めるのを、その場にへたり込んで見ていた。

　まったく乱れることのないリズム。表情もテンポも強さも機械のように安定していた。重大なことを静かに当たり前のようにこなす。

　自分もこういう人になりたいと思った。

「失礼しまーす。壁に沿ってストレッチャー通りまーす。道を空けてくださーい。よろしくお願いしまーす。壁から離れてくださーい」

　遠くから声が近づいてくる。

「あっ」

　声がした。

　横たわっていた女性の目が開いていた。

「あ、ああ」

　しばらく戸惑ったように視線が泳いでいた。それが看護師さんのところで一点に止まったのと同時に、腕が伸びて胸を押す手を制した。

『だいじょうぶです』

小さな声だがしっかりした滑舌だった。自然呼吸が戻っている。

「良かったぁー」

思わず大きな声を出した。周りから拍手が沸き起こった。涙が溢れてきそうになった。

「しっかりしてください。わたしの顔が見えますか。ちょうど救急車が来ましたからね。もう大丈夫ですよ」

看護師さんはいまこの瞬間も、周囲の反応に目もくれず、落ち着いて女性の脈を確認していた。

取り囲む群衆の一ヶ所が割れて、ストレッチャーが入って来た。

急いでブラウスの前ボタンを閉める。

二人の救急隊員が手際よく女性をストレッチャーに乗せた。看護師さんは三人目の隊員に状況を伝えている。

発作からＡＥＤまでの時間、それから今までの時間。

そこで我に返った。

『こちら、０２０、救急車現場に到着しました。まもなく搬出になります』

『センター、了解。搬出終了次第、場内整理に復帰してください』

壁際を伝ってストレッチャーが出て行った。

「ご協力ありがとうございました」

「こちらこそ。ご協力ありがとうございました」

看護師さんとやっと挨拶を交わした。自然に手が前に出て握手をしていた。そして軽くハグをする。会社としてご協力にお礼をしたいのでと名刺を渡した。

看護師さんはわずかに逡巡《しゅんじゅん》してからそれを受け取った。

「小沼亜樹《あき》さん。お手伝いありがとうございました。手順を分かっていらっしゃるので助かりました」

「こちらこそ。プロの方がいらっしゃって助かりました。わたし一人ではちゃんとできたかどうか分かりません」

いま、自分は鉄道会社を代表して、すばらしい看護師さんに感謝の言葉を口にしている。

「お名前を伺ってもよろしいですか」

「池袋緑病院の遠野《とおの》といいます。名前の方は小沼さんと同じアキ。わたしのキは季節の季ですけど」

「わあ、それは偶然ですね」

うれしかった。

「本当にありがとうございました。どうかお気をつけてお帰りください」

会釈をして床のハンドメガホンをとった。取っ手が外気温まで冷えている。

『大変お待たせ致しました。ただいま無事に傷病者の対応が終了しました。ご協力ありがとうございました。ひきつづき、落ち着いてゆっくり、前の人に続いて進んでください』

拍手が起こった。うれしくて、少しくすぐったかった。

『020、復帰します』

『改札、空いてきています。ホームへの入場規制は継続しています』

自分の前の通路が傷病者対応で狭められていた間に、他からの流入がだいぶ捌けたようだ。

改札に向かって進み始めた列の中から、遠ざかる遠野亜季さんが振り返って、こちらに手を振った。自分は小さく、でも彼女に分かるようにうなずいた。

『こちら、センター。次の列車が出発次第、改札規制は解除』

無事に山は去った。最終列車まで、このまま、順調にいってくれればいい。

『センター。外回り、特別配置終了。周辺の見回りが終了したら、柵内《ラチ》に復帰してください。以後、最終電車の体制に入ります』

最終を含めて、残りの列車は四本になった。

一時の混雑とは打って変わって、いつもの終電前と変わらないか、いくらか空いているだろうか。

とにかくピークをうまく捌くことができた。傷病者のような突発的な出来事があっても、危険な状態には陥らなかった。

自分なりにけっこう上手くやれた。この仕事を続けるほどに自分は結構現場に強いと思うようになっていた。想定外のことが起きた時、慌てるというより、むしろいつも感覚が研ぎ澄まされてくるような気がする。

ただ、今日は遠野さんのプロの凄《すご》さを見た。周囲にアンテナを立てている範囲が違う。症状だけでなく目の前の傷病者の心にも気づかっていた。そして何より、今日のような混雑の真っ只中で、クリティカルな現場に関係者以外を近づけない迫力のようなものがあった。彼女が第一声を上げたとたん、周囲にいた人が一瞬で彼女のいうことを聞いた。だから、倒れた人がいてもまったくパニックがおきなかったように思えた。

そして救急隊員も。

「失礼しまーす。壁に沿ってストレッチャー通りまーす。道を空けてくださーい。よろしくお願いしまーす。壁から離れてくださーい」

ストレッチャーが運び込まれるときの不思議なほどのんびりした口調が耳に残っていた。

救急隊員は、あの状況で群衆の中の人々の心をささくれ立たせない、ゆったりとした語り口で、人混みを切り裂いて作られた狭く不安定な通り道を滑らかに通過して現場へやって来た。大声を出して「どいてください」などといわない。緊張感を高めてはいけない。時にパニックを引き起こしかねない。結果としてそれほどの状況ではなかったとしても、あらゆる危険性を想定して、細心の注意でオペレーションしていた。

プロはすごい。

たまたま上手くやれた自分とは歴然とした差がある。わずかな差かもしれない。けれど、けっしてその差を詰めるのが易しいとは思えなかった。

ただ、二年前の自分だったら、遠野さんや救急隊員の人たちと自分の差に気づくことすらできずに、ハプニングを切り抜けた自分をただ褒めていただろう。

人の流れに逆行して外へ向かった。

東1から外を見ると、横殴りの雨が地面を叩いていた。

歩いている人はすでにまばらだ。

もう傘を差すことは難しく、頭からコートをかぶって走っているか、唐傘お化けのように傘を狭く閉じて歩く人がいるばかりだ。

泥酔した人を見かけなかった。地面に落ちているゴミも少ない。

雨と風の音に交じって、遠くで救急車の音がしていた。また誰かが緊急事態を迎えている。さっきの女性は無事だろうか。命は取り留めたと思うけれど、障害が残りはしないだろうか。

「まもなく最終列車です。お急ぎください」

向かい合って話し込んでいるカップルに離れた所から声をかけた。もうハンドメガホンはいらない。

昨日とまったく同じように、すべての柱に設置された百インチの電子看板《デジタルサイネージ》は、群舞のように一斉に同じ動きをしている。四十ほどのスクリーンでハリウッド映画の予告編が繰り返し流れているのだ。さっきはこの場所が人で埋まっていて、画面の下半分が隠れて見えなかった。今はその青い映像のせいで濡れた床が青光りしている。

東1から改札口までどこにも異常はなかった。

改札で行き先表示を見上げると、まだ十九時五十五分だというのに、五本まで表示できる行き先表示板は上の三行だけしか表示がなくなっていた。

急ぎ足の乗降客たちが改札でカードをかざしながら表示を見上げていく。

ずらりと並んだ自動改札機の脇のゲートを開けて柵内《ラチ》に入った。

まもなく、人員はすべていつもどおり最終列車の配置につく。駅の嵐は去ったのだ。ただ、違うのは時刻が午前零時三十分ではなく、十九時五十八分だということだ。

まもなくこの場所に人っ子一人いなくなる。

担当の女子トイレの中に入る。使用されているのは一つ。他には誰もいない。

トイレから出て、出入りを見張るために、少し離れて立つ。

一人入り、一人が出て、また一人が出る間に、いよいよ行き先表示は左のセルに「最終」の赤い文字が点《とも》った一行だけになった。

今トイレには誰もいない。

列車の入っているホームに駅長が立った。

出発のベルが鳴り、最終電車であることを伝えるアナウンスが流されている。数人がまだ改札からホームへ向けて走っている。いつもの風景だ。

定刻を一分過ぎた。

イヤフォンの中で、ホームから一番遠い場所から合図が順送りに伝えられていく。

自分は担当のトイレと前に広がるエリアが無人であることを伝えた。

階段の踊り場に、あらゆる柱の陰に、自動販売機や売店の陰に、そしてトイレにも、この駅の改札から中に誰ひとり乗降客が残っていないことがそれぞれの持ち場で確認された。

『確認、終わりました』

それがホームの駅長に伝えられる。

ホームは無人になった。

駅長は、手にした赤旗を掲げ、合図灯を揺らした。

扉を閉じた最終列車が静かにホームを出て行く。

いつもよりも短い駅の一日が終わった。

終電を見送った駅員は電車で家へ帰ることができない。そのまま駅舎に隣接した宿舎に泊まり、翌朝の始発に備える。

「おつかれさま」

宿舎では終電後のいつもの声が行き交っていた。

今夜の「おつかれさま」は格別な意味を持っていた。いつもなら、すれ違いざま言葉を交わすとき、こんなに目と目を合わせることもない。今夜、互いを労《ねぎら》う気持ちが誰の心にも湧いていた。

壁の時計はまだ午後九時十六分。いつもより早い。

外はいよいよ台風真っ盛りで、ひゅうひゅうと風の音が鳴り、時折、風と雨の塊が機関銃のように窓硝子を叩く。

これ以上風雨が強くなったら、徐行運転を強いられることになっただろう。線路に障害物が落ちてしまえば、列車が立ち往生することになるかもしれない。台風の真っ只中では、立ち往生した列車から乗客を降ろすわけにはいかない。

窓の外の音で、誰もが「まだ大丈夫」という気持ちと「これ以上になればやばい」という気持ちを共有していた。

この時刻、最後の列車はまだ終着駅に到達していない。

保線の部署は夜中待機して、土砂崩れや倒木で線路を塞がれないか監視している。もし天候が許すなら、始発に備えて線路の確認を開始する。

だが、自分たち「駅」は平和裏に終発を送り出した。

傷病者も出た。ぎりぎりだったところもあった。それでも、それぞれがそれぞれの役割をしっかり果たした。だれもがその充実感を感じ、仲間たちと共有したいと思っていた。

「そこ、駅長からの差し入れと、夜食」

壁際に大きな袋があった。見覚えのある袋は好物のシュークリームだ。湯沸かしポットの隣に、大盛り牛丼弁当とカツカレーが積み上がっていた。今夜は外へ食べに出ることができないのだ。

「小沼はお嬢様だから、会社に入るまで牛丼なんか食べたことなかっただろう」

「そんなことないですよぉ」

終電がなくなって、つきあっていた彼氏の家に初めて泊まった夜、生まれて初めて二十四時間営業の牛丼屋のカウンターに二人並んで座った。ほろ苦い思い出。

ティーバッグを入れた湯飲みにポットから湯を注ぐ。優しい湯気が顔に届く。

休憩室の引き戸が開いた。駅長だった。

「小沼」

「はい」

思わず背筋が伸びる。

「さっきの救急車の人、障害も残らず、無事だそうだ。ご家族から連絡があった。現場にいたスタッフからもすばらしい対応だったと聞いたぞ」

急に体から力が抜けた。うれしかった。

「じゃあな。みんな、よく休んでくれ」

背中を見せて出て行く駅長を見送ってから、手に持ったシュークリームのお礼を言うのを忘れたことに気がついた。

時々、雨が窓をたたく。

第五話　ガラスの降る夜

窓の光が眩しかった。

昨日の午前の外来診療は、いつものように午後三時までかかり、あとは自室で、いくつかの論文に目を通し、少し仮眠を取って、そのまま当直。幸い昨夜は呼出しが少なく、三時間の仮眠中に起こされることはなかった。

その当直が明け、いったん顔を洗って事務フロアにもどった。

自室のパソコンにメッセージがポップアップしていた。

外科担当の事務職員から、郵便物があるという内容だった。有象無象《うぞうむぞう》の郵便物は頻繁に届くが、いちいち受け取るのは面倒で、何日もほったらかしにしてしまう。トレイが溢れそうになると、見かねて事務職員が院内のイントラネットの機能でメッセージを送ってくることがある。

「取りに行くか」

ひとり声に出した。身体《からだ》を動かした方がいい。ポットに湯が沸くまでに受け取りに行くことにする。

部屋に籠もる時間が長かった。むしろ立って歩きたい。

テレビドラマを見ている人は、医者は大きな椅子に腰掛けてふんぞり返っていると思っていたりするが、病棟医、とりわけ外科医は腰が軽いのだ。

「重山《しげやま》先生、夜勤、お疲れ様です。お手紙が届いています」

「ああ、メッセージを見て来たんだ」

学会関係は定期的だが、製薬会社や医療機器メーカーからの新製品の案内も頻繁に届く。それ以外も、別荘やマンションという不動産、株式や外貨投資の勧誘など、名刺交換をしたわけでもなく、誰に教えたわけではなくても、病院の住所も所属も知られている。望むもの、望まぬもの、さまざまな郵便物が送りつけられてくる。ほとんどは資源ゴミに直行の運命にあるが。

「封書は一通だけです。他はいつもどおりDMばっかり」

透明フィルムでも、茶封筒でもなく、白い封筒を手にしてこちらに見せた。「患者さんか」

「こちらです」

家族か。手に取って裏を見ると覚えのない名前だった。

「念のため調べましたが、この方、カルテにはないお名前です」

事務職員の言葉にどこか刺があるような気がした。

「クレームじゃないといいが」

患者本人や家族から礼状が来ることはある。

無事に退院していった人、そして時々は手を尽くしたが効なく亡くなってしまった人の家族から。多くは感謝の気持ちを書いてくれている。だが稀《まれ》には大きな手書きの文字で罵倒されることも。

改めて表書きを確認した。確かに自分宛だ。今どき珍しく、万年筆で丁寧に書かれていた。明らかに女性の字のようだが、その文字は伸びやかで大きかった。

もういちど差出人の名前を見て思い出した。

赤嶺《あかみね》……そうだ赤嶺莉奈《りな》さん。

沖縄の苗字だと言ったことがある。あの時の女性だ。

なぜ彼女からここに封書が届くのか。

医者だとは言ったが、病院の名前は教えていないはずだ。会話の中でも言っていない。

「先生、お心当たりあります?」

「いや」

もしかしたら、いま、表情を読み取られたか。

事務の望月陽子《もちづきようこ》は妙に勘がいい。誰も気づいていなかった病院内のカップルが結婚を発表してみなが驚いていたとき、彼女だけが前から見破っていたことがある。

文香がここを教えたのだろうか。

万年筆の筆跡のインクの濃さに文字のリズムがうかがえる封筒と、トレイに溜まったA4サイズの宣伝の束を手にして事務室を出た。

九時の外来診療開始時刻まで少し横になりたい。

自室のドアを閉め、ソファに沈み込んだ。

週に一度やってくる三十六時間勤務。休憩時間は書類上決まっている。だが、外来に出るときは必ず診察が延びて、昼食もろくに摂《と》れないまま、午後三時四時まで。終わったところで休憩時間でないときになんとか食事を摂る。

人に会いたくないときは病院の地下のコンビニで買う弁当を自分の部屋で食べる。もう少し元気なメンタルの時は九階にある職員食堂。カツカレーで簡単に幸せになれる。

食事で幸せになれるのは元気な証拠だ。どうしようも無く疲れているときは、どんな食事も味がしなくなる。生きていくため、栄養のために摂取している餌だ。

食事が摂れないまま、病棟に呼び出されて、担当医になっている患者の処置を終え、投薬の変更の入力をして、買い置きの栄養ゼリーを握りしめることもある。

ボルタレンサポ25㎎

ゼリーを口から吸いながら、端末の「変更しますか」に「はい」と答えると、確認画面にもう一度、患者の処方歴が出て、変更する部分や新しい投薬が赤字になっている。そこで改めて「確認」をクリックして、やっと院内の薬局とナースステーションに投薬の指示が伝わる。薬剤師が確認すると、ナースステーションの端末でOKが確認される。

医療過誤をなくすシステムは面倒だ。しかし、確認の重要性は理解している。実際、間違えることもある。システムの警告に救われたことも一度や二度ではない。投薬の指示をして仮眠を取っていると、薬剤師から確認の電話がかかってくることもある。

院内専用のPHSは寝ているときも肌身離さず身につけている。睡眠は大事だが、患者の命はもっと大事だ。

気がつくと、ほとんどなくなっているのに残り僅かのゼリーをチューチュー吸っている。いつだったか、ふっくらとしていた栄養ゼリーの腹と背中がくっついてまるで一枚のフィルムのようになっているそれを「重山先生、恨めしそうに見ていた」と望月陽子に言われた。

いつのまにか意識が遠のいて、そのまま眠りに落ちた。

そして三十分ほどで目が覚める。それが習慣になっている。睡眠障害、それが勤務には便利なのだ。

ペットボトルから緑茶を飲んだ。

白衣を羽織り、手を消毒して病棟に出た。

病棟の朝食が終わった時間、午前の外来の前に、担当の患者を一回りするのだ。

ナースステーションの端末で、朝の検温、血圧、脈拍をチェックしながら、日勤の看護師《ナース》から簡単なブリーフィングを受ける。

そして病室を順に覗いていく。

眠っている患者もいる。まだ朝食を食べている患者もいる。イヤフォンを耳に入れてテレビを見ている患者もいる。分厚いメガネをかけて本を読んでいる患者もいる。

「どうですか」「予定通り点滴取れたのね。それはよかった」「そうですか」「もうじき、痛みは引くと思います。どうしても痛みが強いようなら言ってくださいね」

なるべく明るい声で声をかけるようにしている。

手術をして切ったのだから、痛いのは当たり前なんですよ。その痛みは薬で抑えられますよ。切り傷は治るものだから、時間が経てば痛みも消えて、動けるようになりますよ。

今の状況に何の異常もない。予定通り、すべて想定内だ。そして、この先、良くなっていくという見通しがはっきりしている。

最初から患者はそれを知っているはずだ。それでも苦痛はある。不安もある。苦痛は薬で、不安は約束された未来で解消される。それを繰り返し伝え続けるのだ。

医者が不機嫌で疲れた顔をしていると、患者の心もネガティブになる。学生時代、恩師からさんざん言われた。患者が生きることに前向きになれるなら演技でも何でもする。病気を治すのは本人、患者なのだ。

幸いなことに、夜に回ったときと変わりがない。よかった。

「重山先生、外来の時間です」

六〇九号室で、まもなく退院になる患者と話していたところで呼び出された。

少しも休んでいないが、なぜか元気が湧いてくる時間帯に入った。

午前診察予約は九時からだが、八時過ぎにはもう並んで待っている患者がいる。

よし！

自分を鼓舞する言葉が必要なくらいに疲れていたが、これからの何時間かは嫌いではない。

「先生、ありがとうございました。失礼します」

「おだいじに。できれば毎日少しでも軽い運動をしてみてください」

最後の患者を送り出した。

リリカ75mg、一日二回。リマプロストアルファデクス5μg、一日三回。それぞれ九十日分。

〈確認〉

、午前の外来診察時間の最後の患者への投薬処理が終わった。画面の右上に表示されたタイムスタンプは十六時二十六分だった。

昨日朝の勤務開始から三十一時間経っている。

今日も昼食は摂れなかった。この時刻なら職員食堂は空いているだろう。

入り口でアルコール消毒のスプレイに手をかざし、塗り広げるように手と手を擦り合わせながら足を進めると、案の定、食堂は閑散としていた。

いちばん奥で、循環器内科の三人が食事を終えて談笑していた。目と目が合って軽く会釈をして窓際に立った。

向かいのビルが強い光を反射していた。

夏の日差しは傾き始めているが、アスファルトには濃い影が落ちていた。

真下をゆっくりと動いていく日傘の下には年配の女性がいるのだろう。それを上着を脱いで手に持った男性が汗を拭きながら追い越していく。天気予報は今日も三十五度を超えると言っていた。

おそらく灼熱の外の世界。それが別世界のように思えた。

ガラスのこちら側は、室温二十五から二十七度、湿度五十から六十パーセント。その病院の建物に足を踏み入れてから、一歩も外へ出ることなく二日目になっていた。すべてが変わらなさすぎる。心も体も一日の長さを感じることができず、時計を頼りに「一日」を知る暮らしだ。

地下ではなく最上階に職員食堂を配置した設計者は病院のことをよくわかっている。患者を大切にすることは重要だが、医師や看護師がどれだけ心と体の休息を必要としているか。多くの患者は数日から数週間で病院を出て行くが、ここで働いている人間は毎日長時間、この建物で過ごす。しばしば体力と気力は限界に達する。自分が潰れてしまうことがないように、心身に気を使わなければ仕事を続けていくことができない。

どこの病院も同じだ。社会の仕組みがそうなっている。なんという制度なのだ。怒りすら覚える。絶望的な気持ちになることもある。しかし、自分でどうすることもできないことは考えないようにしている。戦う相手は病気であり、事務局や理事会や法制度や厚労省ではない。そう自分に言い聞かせて日々を過ごすのだ。

職員食堂の窓辺に立ち、池袋のビル群を見る。眼下に蠢く車の群れや人の営みを見る。小さな深呼吸をして、カツ丼にシーザーサラダをつける。十分な水分を摂りながら、それを平らげる。

たいていは帰宅して、少しの酒を飲んで寝る。

ただ、どうしても、家と病院の往復でない何か、心の贅沢《ぜいたく》をしないではいられない日がある。

勤務医は世間のイメージほど高収入ではない。しかし、働きずくめで得られた金を使う時間も場所もない。たぶん、その苦しさを多くの人に、とりわけ、経済的に余裕のない人たちに理解してもらうことは不可能だろう。

また堂々巡りに過ぎないことを考えてしまった。

あまりに疲れていると、休息のために帰宅することすら億劫《おっくう》になって、自室でぼんやりと研究のためのデータを眺めて、時間ばかり過ぎていく。

帰ろう。

わざわざ声に出す。

自分で処方したビタミンB剤を口に含んだまま、部屋の隅のコップの所へ行き、ボトルから水を入れたところで、白い封筒に気づいた。部屋にもどってきたときに、ドアの脇のこの場所に置いたまま忘れていた。

もう一度、デスクに戻って封を切った。

「文香さんと一緒に、二度、食事をご一緒した赤嶺莉奈です。どうしてもお目にかかりたくて、お仕事先にこうして手紙を書いてしまいました」

落ち着きのある理知的な目と眉が印象的な美人だった。

「どうしてもお目にかかりたくて」

何かの相談事だろうか。それで文香が連絡先を教えたのか。

いや、彼女だって、病院のことは知らないはずだ。

目の前のパソコンで、エゴサーチをした。

〈重山元彦〉

知らないタレントのブログが出て来た。

画面の一番下まで自分と同姓同名の「重山元彦」なる人物の笑顔やテレビ画面のキャプチャー画像、それに映画のキャスティングリストの末尾に名前があった。

検索ワードを追加した。

〈重山元彦　外科〉

これか。

愛媛県の整形外科医院の名前と知らない町の地図があり、そのすぐ下の行から、こちらは自分が書いた論文がリストのように続いていた。最近の整形外科学会のものから、遥か昔の博士課程の学位論文まで。

これで出身大学も現在の所属もわかってしまう。論文を書いて、病院で医師をしていれば、半ばプライバシーはない。

しかし、だからこそ、仕事とは関係のない食事会が貴重だった。

「重山さん、ギャラ飲みって知ってます？」

池袋駅を挟んで病院とは反対側にある「サブリナ」というバーで、ある日、文香に聞かれた。

生山文香《いくやまふみか》とは知り合ってそろそろ一年になる。

その日は今日のように当直明けで疲れていた。雑務を終えると、午後六時を回ってしまい、日没までわずかに間があったが、太陽はすでに池袋のビル群に隠れてしまっていた。

飲んで帰ろうと東口へ出た。

知り合いに会うのは面倒だった。病院関係者は病院から見て駅の反対側の東口方面へはわざわざ出かけない。まっすぐ帰る気分になれない日に、東口をふらついてみることがある。その日、偶然に見つけたのが「サブリナ」だった。

チェーンの居酒屋とラーメン屋ばかりが目立つ辺りに、目立たない小さな看板があった。

何度も前を通っているはずなのに、その日まで気づかなかったのは、恐らく看板の文字がピンクがかったバイオレットだったからだ。

池袋中にあたりかまわず存在する、さまざまな業態の「お色気産業」とでもいうべき一群の店で多く使われている店の看板の色に似ていた。本能的にそれを視野から除外していた。だが、気づいてみるとその色はピンクというより紫に近くしかも少し灰色がかっていた。そして何より Sabrina の字体がどこか知的に感じられた。少なくとも怪しい店ではなさそうだ。いいかげん歩き尽くした。ここらでどこかの店に入る潮時だろう。

地下へ降りる狭い階段はきれいに掃除されていた。

いくらか重いドアを開けると低い音量で音楽が聞こえてきた。曲名も演奏者も分からないが、低音は控えめで静かでありながら煌《きら》びやかな高音が耳に心地よい。

選択は間違っていなかった。ここでいいと直感した。

左手にカウンター、右と奥には高めのスツールに挟まれた小さな丸テーブルがいくつかある。

早い時間だからか、客はカウンターの奥の方に一人。

男女二人のバーテンダーの後ろにはぎっしりと洋酒の瓶が並んでいる。

「いらっしゃいませ」

カウンターの中から女性の声がした。カウンターのほぼ中央に、新たにコースターを差し出して置く。誘われるようにその場所に席を取った。

「外はまだ暑いですか」

「もう九月も半ばだというのに」

暑いという言葉を続ける前で言葉を切った。

ショットバーでは、バーテンダーは人を見る。客はバーテンダーを見る。心地よい時間を過ごすにはお互いに間合いを計る小さな儀式がいる。

バーはただメニューにある酒を売っているのではなく、その店で過ごす時間を売っている。

流れる空気でわかった。この店はいい店だ。通えるかもしれない。

人によってその日バーに求めるものは違う。一人でいたい時、カウンター越しに少し会話をしたい時、同じ客でも、その日その日で変わる。カウンターの客の仕草や、短い会話によってそれを探り、客の求めているものを提供しようとする。

「店にいると外のようすがわからないので、お客様に教えて頂くんです」

外の気温を知る必要はないはずだが、会話の糸口を作る必要はある。話をしたくなければ、客はその糸を辿らないだけだ。

「僕もいま知ったばかりで。ずっと職場に籠もっていたから」

誘いに乗るように、自然に自分のプライバシーを少し明かしていた。

「お疲れ様です。何になさいます?」

「マティーニ、もらおうかな」

せっかくの店だからバーテンダーを試そうと思った。

そして、ある種のバーテンダーは、マティーニという記号によって、こちらが彼や彼女を試そうとしていると感じとる。

彼らにとって自分の味を試されることは嫌なことではなく、むしろ腕の見せ所だと燃えるのだ。

ジンとドライベルモットのたった二種類の酒を混ぜることは誰でもできる。だが、作り手によって出来上がったそのカクテルの味は天と地ほども変わる。そしてうまいマティーニであっても、その味は千差万別だ。目の前に立つ女性がどんなマティーニを作るのか。

「ジンは何になさいます？」

メッセージが伝わったと思った。

マティーニを頼んでジンの銘柄を聞いてくることは、客の好みを聞いているようであり、同時に、今度は彼女の方から客を試してくる質問でもある。

ジンの銘柄による味と香りは、ウィスキーほどには違わない。それを指定するということはその僅かな味の違いにこだわりを持っているか、そうでないとしても、少なくとも複数の銘柄を知っているということだ。ショットバーでカクテルを頼む客ならジンの銘柄を知っていておかしくないけれど、誰もがそうであるわけでもない。

「あなたが一番美味しいと思うもので作ってもらえれば」

彼女の瞳に闘志が燃え上がるのを見た。旨《うま》いカクテルが出されることが約束されたと思った。

「わたしのお勧めはシェイクですが、それでもよろしいですか」

シェイク？　意表を突かれた。

マティーニはふつうステアで作る。つまりミキシンググラスに酒と氷を入れてバースプーンで回すようにそっと混ぜるのだ。彼女はシェイカーに入れて振るという。

ほどなく彼女がシェイカーを振り始めた。独特の大きな動作だった。

体温が伝わらないように、細い指の先の部分だけでシェイカーを支えている。上から下へ、下から上へ、動線が反転するところで、中の氷がシェイカーの天地にぶつかって立てる音が、カチンカチンと店中に響いた。代わりに側壁にはあまり当てていない。

振り終わると、コースターの上にカクテルグラスが載せられ、蓋を取ったシェイカーからマティーニが注がれた。最後のひとしずくが液面に小さな波紋を作ったとき、カクテルは見事に計算された位置まで満たされていた。わずかに白濁していて、真上からのスポットライトで輝いていた。グラスはその中心に置かれている。ダイヤモンドダストのように鋭利な氷の破片が水中を舞っているようだ。

「お早めにお召し上がりください」

促されて口にした。

それは、いままで飲んだことのあるどのマティーニとも違っていた。シェイクされて取り込まれた細かな気泡が舌に当たって弾け、目に見えないサイズの氷の破片が舌の上で溶けて消える。強いはずのアルコールが信じられないほどまろやかに口の中に広がっていく。

「舌の上で氷の破片が溶けるのが見えるようだ」

思わずそう口にすると、彼女の表情が打って変わって柔らかくなった。

「ありがとうございます。零度の液体の中では氷はどんなに細かくしても割れたまま溶けないのです」

彼女がシェイクでといったのは、カクテルグラスの中に氷の破片を鏤《ちりば》めたかったのだ。

「このレシピはこのお店のもの？」

「いいえ、バーテンダーによってちがいます。マティーニをシェイクで作るのはわたしだけです。カウンターのそれぞれの席に光が当たる作りになっています。上からライトが当たるなら無色のカクテルは白濁させた方がきれいだと気づいたので」

いい店を見つけたと思った。

それから、疲れた日の夜に足繁《あししげ》く通うようになった。

手術や診療と当直が重なって、はっきりとした休憩時間も無いまま、実質三十六時間連続勤務になったような日には、そのまま家に帰ることがすごく虚《むな》しく感じられることがある。

疲れているのに頭の芯が興奮して妙に元気があって、一種の時差ボケのような状態だ。過酷な労働をして、そのまま家に帰って寝るだけの自分の暮らしに対する何とも言えない焦燥感を抱く。帰ってすぐ寝れば体は休まるかもしれないが、心が安まらない。何か簡単に手に入る、少しでも楽しい時間を過ごしたい。人生の埋め合わせをしなければ何のために生きているのかわからない。

子供の頃からの志の通り医師になって病院で働いている。幸福なことにもともと自分で望んだ仕事に就くことができた。苦しんでいる人を助けているという実感がある。それでも時に底知れぬ虚しさに襲われる。

軽い鬱状態だ。仕事しなければすぐ治るだろう。だが、その選択肢はない。

いつの間にか次第にサブリナに足が向くことが多くなっていった。

シェイクでマティーニを作るバーテンダーの女性が生山文香という舞台女優だと知ったのはしばらくしてからだった。

店には何人かのバーテンダーがいて、同時にカウンターに立つのは曜日や時間帯によって多くて三人だが、自分は自然に「文香の客」という感じになっていて、彼女がいる日には必ず彼女の前のカウンターに案内された。少しずつ、自分のことを話し、彼女のことを聞いた。

彼女も次第にこちらに安心感を抱いてくれるようになったようだ。

サブリナのバーテンダーたちは、客を迎え入れるところからカクテルを出すところまで、計算し尽くされた自然さを、つまり「自然な流れ」を持っている。

入って来た客は、コースターを差し出すことで自然に席に招かれる。コースターの位置は客の正面ではなく、右手をまっすぐに伸ばした位置、つまり、右膝の上方あたりに置かれる。天井のライトはその位置が最も明るくなるように当てられている。

もちろん左利きだと分かっていればそれは左手の前になる。その時は、右側のライトの下において見せてから、コースターを滑らせるようにして左側に置く。それによって、カクテルの色や、グラスの輝きや、オンザロックの氷の表面が美しく目に入る。

店に入ってきた客と最初に目を合わせた時の表情。

店内の客の誰もが心地よく過ごすことのできる席へ客の意思に抗《あらが》わず自然に誘う。一人でいたいのか、話し相手が欲しいのか。短いやりとりで今日の客が何を求めているのかを知り、求めるものを提供する。

何ページもあるメニューの中から、自然で楽しく飲み物を選ばせる。時にはメニューに無い注文も自然にこなす。

棚から瓶を取り出すときに見える背中。

ラベルを客側に見せるようにカウンターに置くときのほんの小さな「ことり」という音。

蓋を取って分量を量る指先。

ステアする手つきも、シェイカーの振り方も、一連の身のこなし方も、指先の動かし方まで、流れるように美しく計算されている。

いわば茶道の作法のように洗練し尽くされたパフォーマンスなのだ。それを楽しむことができれば、原価三百円の酒が千五百円になっても高くはない。

「内装の見た目が世界中のバーとあまりかわらないのに、日本のショットバーが独特の様式を持っているのは、茶道や能や狂言という文化の影響なのかもしれないね」

ある晩、話をしながら思いつきでいった。

「そんな大袈裟な」

笑いながら、文香はまんざらでもなさそうだった。

何度となく彼らの作法を目にしながら、いつか文香の本業が舞台女優だと聞いた時は、バーテンダーはたしかに女優に向いた職業だと思った。

客席から見えている構図を意識した舞台の立ち位置、必要な時に自分に視線が向けられるように、照明を当ててもらえるように動くこと、もっとも効果的な照明の当て方、当たり方、それらが意識されて作り込まれている。つまり、バーの空間全体が舞台であり観客席なのだ。

美意識でできている店。

目の前に出される酒は、美意識の反映だ。

細かなことにまで完璧に行き届いた仕事の現場を見るのはとても楽しいものだ。手術もそうだ。

麻酔を吸入して数秒で患者は意識を失う。彼または彼女の意識が再び戻るまでの間、手術チームは一糸乱れぬチームワークで患者にメスを入れ、処置を終え、傷口を縫合する。最低限のことだけが話される。ほとんど無言のうちに、さまざまな器具が担当者によって次々と、もっとも受け取りやすい場所に差し出され、最少の時間でそれを受け取り、最少の時間で患部に当てられ、最少の時間で切除され、最少の時間で閉じられる。

時間がかかればかかるほど、血液が失われ、感染症の危険が高まり、傷口が活性を失い、患者の体力を奪う。さまざまなリスクが高まるだけでなく、手術後の患者の回復にも時間がかかるようになる。

外科手術《オペ》はタイムリミット・サスペンスだ。

それを演じるチームメンバーは、執刀医も助手も麻酔医も、次に何をどのように行うべきか、すべて承知している。

どの器具が必要か、その薬剤が必要か、補助の明かりは必要か、モニターの見やすい位置はどこか、いつ手を差し伸べる必要があるのか。予想外のことが起きた時ですら、新たに何が必要か、どのように対処するか、次の選択肢《オプション》は何か。すべては事前に検討され理解されて、物語の分岐として作られていくのだ。

予想外であっても想定外ではない。予想はあくまで第一の想定に過ぎない。

美しく流れるような動作で茶を点《た》てるために、茶道具は茶席のどの位置に置かれるべきか。狭い茶室であっても数センチの位置の違いを作法として理解し合うように外科医のチームも動いている。バーテンダーの作法もそれに似ていた。

きちんと仕事をして美味しいカクテルを作るバーテンダーと、サービスと味の違いをきちんと理解する客として、ある種の信頼関係ができていた。

病院の勤務のことを話した時のことだ。

「そんなに働いたら死んじゃいますよ」

「時々、そう思うことがある。でも、体は意外に慣れるもんなんだ」

「慣れちゃだめでしょう」

「いや、慣れないと死ぬ。なんていうか、疲れを取るのが上手くなるんだ。短い時間、小間切れに寝て、疲れが限界まで溜まらないようにして生きている」

「そんなにまでして、何のために生きているのかわからなくないですか」

「病気で苦しんでいる人を助けるため」

「そりゃあお医者さんだからそうでしょうけど、一人の人間としての重山さんは？」

「個人としてか……」

言葉に詰まった。

何のために生きているのか。文香が言うような問いは、時々自分の頭にも浮かんでくる。ただ、意識がそこに入り込むと暗い洞窟から抜け出せなくなる。だから、その問いが心の底で生まれても、外まで出てこないように目を背けて暮らしている。

「中学生の頃からなりたかった職業に就くことができたんだ」

答えになっていないと自分で思った。

「体はそれでいいかもしれませんが、心は大丈夫なんですか」

「あんまり大丈夫じゃない」

「ほら」

「だからここへ来ている」

「ありがとうございます。それだけじゃないでしょう？」

「ゴルフもやってみたよ。同業者とやっていると、結局、日常の延長でね。あらためて自分には友達がいないんだと気づかされた」

「そんなことはないでしょう」

「まあいないわけじゃないが、なかなか休みも合わないしね。予定が立てにくい仕事だし、そんなこんなで人と予定を合わせたり、一緒に何かをやる為《ため》に段取りを付けたりする気力がわかない。困ったもんだ」

「女性のいるお店にいらっしゃったりはしないんですか」

「病院の理事とか大学の先輩とかに銀座に連れて行ってもらったことはあるけど」

「あまりお好きではないんですね」

　たしかにそういう表情をしながら言った。

「慣れないせいかもしれないが、全然楽しめないんだ。お金を払っているのにお店の人にこっちが気を遣ってしまう。向こうが気を遣っているのは仕事だから当然だとしても、それがわかると落ち着かないんだ。対等な人格として話ができない」

「おもてなしをする仕事ですから」

「そうなんだけどね」

「『あわよくばプライベートにつきあいたい』という設定を演じると駆け引きが楽しくなるのに。銀座のクラブではそういう客とホステスの疑似恋愛のロールプレーイングをすると楽しめます。お金を使ってそんな設定でゲームをすると思ってください」

「なるほどね。僕が役を演じ切れないってことか」

「演技をするときは恥ずかしがらないのが基本です。恥ずかしいのは演じ切れていないから。普通の人がお芝居をやるときの最初の壁がそれです」

「なるほど。文香さんは演劇人だからそんなこというけど……」

「慣れないと、もしホステスと恋の駆け引きをしたとしても、そういう自分を空から見てしまって恥ずかしくなるでしょう?」

「ああ、ほんとそれだよ」

「女の人のいるようなお店が苦手って言う人はたいていそうです。そういう場所にお金を払っているんだから楽しまなきゃ損だと考える、ちょっとお金を持っている下心のあるオヤジになりきればいいんです」

「なるほどな。下心がないわけじゃないんだけど、それを表に出すのが恥ずかしい」

「わたしも銀座で働いたことあるんですよ」

「女優さんのアルバイトは多いらしいね。僕が連れていかれた店にもいた。きれいな子だった。文香さん、なんで銀座を辞めたの?」

「バーテンダーの方が面白そうだと思ったんです」

「どういうところが面白いの」

「わたし、メンタリティがけっこうオタクなんです。何かに熱中してご飯食べるのも忘れちゃう、的な。中学生の時はハムやってたくらい」

「ハムって、アマチュア無線？」

「そうです。半田《はんだ》付けなんか得意。ジュッて半田が溶けるときの匂いが好きなんです」

急に彼女の瞳が少年のように輝いている。

「そうなんだ。見かけによらないなあ」

「ノイズすれすれでよく聞こえない相手の局の信号が、アンテナの位置を変えて浮かび上がってきたりするとわくわくしちゃう」

「それ、わかるなあ。手術で患者さんの体の中を開いたときに、ＭＲＩ画像でイメージしていたとおりだったりすると、『やった！　これで予定通りの術式でオペをすれば治ったも同然だ！』なんてわくわくする」

「手術室で叫んだりして」

「さすがにそれはない」

「水商売は、休みが自由に取れるのでお芝居をやるには都合がいいんです」

話が銀座に戻った。

「心が疲れていると、演技するとか恋の駆け引きをするとか、能動的な気力が残っていないんだ」

「たいへんなお仕事ですね」

「お金を使っていいから、その時間だけ楽しくなれる方法ってないものかなあ」

「いらっしゃいませ」

文香の視線が開いたドアに向かって、話はそこで途切れた。

彼女が置いたコースターの前に新しい客が座り、彼が注文したボウモア十二年のオンザロックのために、アイスピックでオンザロック用の氷を割り始めた。

注文の品を男の前に出すと、一口飲むのを見届けて、文香はまたこちらへもどってきた。

彼にとって今日は一人で黙って飲む日なのだろう。

「重山さん、店にいる時、わたしにも気を使っていらっしゃいます？」

「あんまり使ってない」

「あんまりということは、少しは使っているんだ」

文香が笑った。

「まあね。だってサブリナに出禁《できん》になると困るから」

「出禁になるようなことをする可能性があるんですか？」

「文香さんをしつこく誘うとか」

「ほら。そういう会話を銀座でやればいいんですよ」

「そうか。ここは池袋だった」

「キャバクラならたくさんあります」

「行ったことはないけど、好みのタイプの女性はあまりいないような気がしている」

「かもしれません」

　ショットバーであるサブリナでは食事ができない。店が混むのは遅い時間だ。自分が行くのはたいてい当直明けの夕方だから、店は空いていていてゆっくり話ができることが多かった。

　あの店に通うようになるまで自分がこれほど話し好きだと思っていなかった。

　病気をすると誰でも気弱になる。不安にもなる。だから医師というのは権威を感じさせるように振る舞う必要がある。本来なら話しやすいことで権威が損なわれるわけではないのだが、人によっては見るからに重厚な態度に権威を感じる人間もいる。印象の最大公約数はよくわからないが、人からの見え方も大事だという、けっこうめんどくさい仕事でもある。人の目を気にして振る舞うというのは、自分を抑えるということでもあり、どこかにその捌《は》け口が必要だということに気づき始めていた。

比紹子《ひろこ》と暮らしていたときには、家庭内の会話がその捌け口になっていた。専門は違っても同業者である彼女とは、医学の話も、病院についての良い話も悪い話も、旨い酒や新鮮な魚と同じテーブルで、心置きなく話していて、それが当たり前にストレス解消にもなっていた。

「家でも仕事の話ですか」と言われることもあったけれど、比紹子も自分も芯から医師の仕事が好きだったのだ。新型の伝染病の話も、人工関節の素材の話も、ガンの新薬の話も、ハリウッド映画のシリーズ最新作について話すのと同じくらい充実したものに感じられた。そして、そういう話を楽しむことのできるパートナーと出会えたことが、何にも代え難い幸せなことだったのだ。

その比紹子が亡くなってしまった。

自分の心のバランスの反対側を失ったのだ。

日が経つにつれ、何かにつけ、そのことに気づかされるようになっていた。

職場の誰と話しても、古い友人に会って食事をしても、誘われてゴルフをしてみても、温泉に浸かっても、映画祭で賞を獲《と》った作品を見ても、埋め合わせることのできない、体の器官を欠損してしまったような状態。

埋め合わせることなどできないにしても、何かの方法でまし、な状態を生み出すことはできないかと、漠然と探し続けていた。

意識されないでいたそのことを、文香の店へ通うことで気づいたように思う。

三月ほど前のことだ。

例によって開いたばかりで誰もいないサブリナの扉を押した。店のウエブサイトにバーテンダーのシフトが載るようになって、文香のいない日に立ち寄ってがっかりすることはなくなっていた。

「重山さん、それ、ビタミンじゃ治りませんよ」

そう言われたとき、自分がちょっとした弱音を吐いてしまったことに気づいて気恥ずかしくなった。

「わかってるよ。でも、どうしたらいいんだろう」

「そうですねえ」

文香は俯《うつむ》いて、オンザロックを一回転だけバースプーンでステアした。

「ギャラ飲みしません？」

一瞬、聞き間違えたと思った。

「ギャラ飲み？」

コースターに二杯目のロックが置かれる。

「ギャラを払って、しがらみのないだれかと、しがらみのない食事会や飲み会をするんです」

突飛な提案だった。

「わたし、実は斡旋業みたいなことやっているんです。

基本的には劇団員のアルバイト。

キャストはみんな劇団員だから、一応、そんな馬鹿じゃないです。いろいろな話ができます。

会社員とかＯＬさんが経験していない仕事をやっていたりします。

ビルの窓拭きとか、美大や老人サークルのデッサンのヌードモデルとか。あ、男も女もいます。着ぐるみを着てヒーローショーに出ているとか、英会話学校の講師とか、タクシー運転手とか、ディズニーランドのパレードの白雪姫とか、地方のゆるキャラの中の人とかもいます。葬儀屋とか、ホストとか、もちろん銀座のホステスも、幼稚園の運動会の公式カメラマン、仏教大学を出て派遣会社に登録しているお坊さん、音大出たピエロとか。自転車に紙芝居積んで地方を回っているのとか。政治家の講演会のサクラとか。もちろん道路工事とかビルの夜勤専門の警備員とかのありがちなのも。

けっこう人材豊富でしょう？

俳優だけじゃなくてバックステージの人間もいます。みんなお金ないから、わたしがアルバイトの仕事作っているんです。

飲食代は全部出してください。高い店でも、安い居酒屋でもかまいません。ギャラは一人二万円で二時間。それにわたしにマネジメントフィーとして二万円。わたしが参加してもしなくても同じ二万円です。重山さん一人じゃなくてどなたかお友達と一緒でももちろん構いません。

ほら、重山さん、目が輝き始めてます」

たしかに面白そうな気がしていた。それにしても演劇をやっている人間たちがやっている仕事のバラエティには驚かされる。

「一応ルールがあります。これは絶対に守っていただきます。ギャラをいただく時間だけのお付き合いにしてください。連絡先の交換はなしです。パパ活や愛人斡旋ではないので、女性に対しても、あ、男女どちらもですが、個人的な交際を求めないでください。うちのキャストも伺いません。前にも後にもしがらみのない飲み会食事会。意外と存在しないでしょう？　ギャラを払うからこそ得られる時間がわたしたちの提供する商品なんです」

文香は一気に話した。

彼女の中でシナリオのある舞台で話しているようだった。それは確かに効果的にこっちの心を捉えた。一気に並べられたキャストたちの職業のリストだけで、いや、それらの仕事こそ、魅力的に聞こえた。

馴染みのバーで、愚痴や弱音を吐いているのはよくない。ちゃんと自分のメンタルの心配をしたほうがいい。

「楽しそうだけど、なんだか金で一時の友達を買うみたいで……」

躊躇するような言葉を吐いたのはすでに本心ではなかった。

「だって、重山さん、職場の仲間でも古い友達でもだめで、銀座のクラブも池袋のキャバクラもだめだって……。自分探しの旅に出て、偶然に打ち解けて話せる人に出会ったりするような時間もないのでしょう？

　たまたま自分がマネージメントしているからご紹介していますけど、ぴったりの選択肢だと思います。

　と、臨床心理士のバーテンダーが申しております」

「ちょっと待て、文香さん、臨床心理士の資格持ってるの？　それでバーテンダーで舞台女優？　参ったな」

　さっきの職業リストからわざと外していやがった。

　こっちの表情をうかがう文香の表情が、ほんの少し「してやったり」と言っているようだった。

「わかった。頼むしかなさそうだ。銀座でボトル入れて飲むよりずっと安い」

「忙しくてお金を使う時間のないお医者様なら、リーズナブルなお値段と思って戴けると思います」

「じゃあ、敏腕マネージャーにお願いしよう」

「キャスティングに何かご要望はございますか」

「せっかくだから美人を頼む」

「はい。リーズナブルなご要望だと思います」

「それから臨床心理士をひとり」

「喜んで」

「初めての人だけじゃ緊張してしまう。意外と人見知りなんだ。あと、おれの悪友を一人呼ぶ。高校の友達で同業者だ。全部で四人」

「かしこまりました」


正直に言えば、金銭を払って人を呼びそこで飯を食う、ということへのひっかかりはあった。

いままで縁もゆかりもなかった人を、金に飽かせて思い通りにするのだと思うと、自分は何様だという思いが消えなかった。ただ、文香が言うように、自分のメンタルのバランスを取るにはいい選択肢だ。少なくとも試す価値があると考えた。

頭の中に抱くモヤモヤを払拭したかった。

後輩を連れて飲みに行っておごるとき、当然彼にギャラは出さない。彼が自分と一緒に飲みたかったのならいいが、自分が飲むのに彼をつきあわせたのなら、彼からすれば飲み代がただになっても割が合わないだろう。かといって、飲み代以外に金を渡したら、それは失礼だろう。せいぜい帰りにタクシーに乗せて、ドアが閉まる前に車代だと多めに渡すくらいだ。

でも、それで彼が何か借りを作ったと思ったらどうだろう。

世の中、飯を奢られて喜ぶ人間ばかりではない。自分の飲食代ぐらい自分で出すのが当然で、ご馳走になったことを負担に感じる人間だっている。

あなたは奢られてうれしいですか。飲みに行く前にそう確認するわけにはいかない。

上司に誘われて、気が進まないのにつきあったのに、勘定が割り勘だったら大いに理不尽だと思うだろう。せめて費用の負担はさせないようにするのが上司の思いやりで、地位に応じて多くもらっている給料にはその分も含まれているという考え方もある。

ああ、めんどくさい。

くだらない。どうでもいい。

ギャラを払って、後腐れのない人間と飯を食うほうがずっといい。うっかり偉そうにしてしまっても、酔って脱線してしまっても、どんな人間関係にも響かない。

そのために出演料を払うのだ。あるいは、自分ができない経験をしている人から、いろいろな話を聞けるのなら、講演料や取材の謝礼を払うのも当然だ。

いろいろ理屈を付けてみたが、胸の奥のひっかかりが消えたわけではなかった。

それでも、決めた日が近づくにつれ、楽しみにしている自分がいた。

そうしてやって来た一回目、場所は四谷《よつや》荒《あら》木町《きちょう》にあるちいさな和食の店にした。

文香が連れて来たのは、銀座のクラブでホステスをしているという女性だった。さすがの美人で、自然に下心が頭をもたげる。つまり、会ったばかりでどんな人物なのかは分からないけれど、それはともかくこんな美しい人とおつきあいができたらいいなあ、と一目会うなり思ってしまうような女性だった。

けれどギャラ飲みのあとに個人的に連絡を取ってはいけないというルールがある。だから「おつきあい」の目は潰されている。それが逆に心を軽やかにしてくれた。

自分が率直に銀座で楽しめなかった話をすると、彼女はお店にやって来るさまざまなタイプの紳士たちがどんな会話をするのか、あるいはどうやって口説こうとするのか、外で会おうとするのか、面白おかしく教えてくれた。それでも、話の内容から決して人物を特定することはできない。そのことをわきまえた話し方だった。

最後に店の名前を聞いた。

「お知り合いに銀座に通っている方が何人かいらっしゃれば、たまたまそのどなたかとご一緒にいらっしゃることもあるかもしれませんね。重山センセにまたお目にかかるのを楽しみにお待ちしています」

センセにされた。

それまで、あけすけに語る「銀座でホステスのアルバイトをしている女優さん」だったのに、その時にはすっかり一見《いちげん》では入れない店の「銀座の女」になっていた。敷居が高いことはむしろ銀座の魅力なのだ。それは分かっている。

とにかく楽しかった。美味しいものを食べ、旨い酒を飲み、まったく仕事を離れて、美しくて、興味深い話のできる人と過ごす時間。

それこそ自分が求めているものだった。臨床心理士の文香はカウンター越しの会話からそれを見抜いて、自分が回している劇団員たちのアルバイトを紹介した。なんという巡り合わせだろう。

最初の会が終わるとすぐに第二回をリクエストした。

病院の外来が休みになるお盆期間をリクエストしたが、明けてすぐということになった。

今度は二十九歳にして地下アイドルという耳慣れないタイプのパフォーマーをし

ている女性だった。

形に囚《とら》われない自分の表現を追い求めている。リスクをとって新しいことをやっていると思った。

「文香さんと一緒に、二度、食事をご一緒した赤嶺莉奈です。どうしてもお目にかかりたくて、お仕事先にこうして手紙を書いてしまいました」

その赤嶺莉奈が、そんな手紙を寄越した。

「書いてしまいました」というところに何か思い詰めたようすがある。

どうしたものか。

用件が書かれていない。何かの相談とすれば、自分か親しい誰かが病気になって、セカンドオピニオンを聞きたいのだろうか。

検査データがないときちんとした話はできない。データなしで話せばネットで調べることができるような一般的なことになってしまう。病気についての相談なら、今かかっている医療施設からデータやレントゲン画像などをもって、セカンドオピニオン外来に来てくれた方がいい。自分よりずっと広い知識を持った、経験豊かな医師が、相談に乗ってくれる。

来週の金曜日の夜八時に、都合がつくなら南池袋公園の「ジャルディーノ」に来てくれと、いきなり日時を指定してきたのはどういうことだ。

連絡先は書いてある。都合が悪ければ日時を変更すればいい。

カレンダーを見た。病院の端末と、プライベートの予定が入っているスマートフォンと。

都合は悪い。金曜は次の週の手術の術式を決めるカンファレンスがある。

ちょっとほっとした。

手紙に書かれたメールアドレスに、その日は都合が悪いと断りのメッセージを入れればいい。

代わりの日は？

きっとそういう返事が返って来る。

さっきから肝心の所を避けている。これは事実上の交際の申込みではないのか。もしちがったらあまりにも間抜けだから、ちがうという前提でいちばん芯から外れたところで考えようとしている。それは失敗を怖れているからだろうか。

二十九歳の大人の女性が、恋愛以外の理由で、用件を書かずに何月何日どこそこで待っているなどと書いてくるものか。

人の予定は相手と用件次第だ。仕事がなくても、時間が在るなら、やりたいことはたくさんある。

今日でなくてもいいが、一週間くらいのうちには、もうじき底をつきそうな米を買っておかなくてはならない。なかなか行けないジムにも行きたい。溜まった録画はいつ見るのだ。外せない予定がないからといって、こなさなければならないことの量が少ないわけではない。

指定されたその日は会議があって行けない。

他と比べる余地のない行けない理由があって良かったと思った。返事はシンプルだ。代わりの日はと聞かれたら、その時に考えよう。

それならば、予定が空いていれば行くのか。心の奥に否定できない何かがあった。ルールとして「その後の付き合い」をあらかじめ禁じられていたから、あの二時間、そういうつもりで、つまり、それなりの自制を持っていたのだ。今になってその箍《たが》を外せ、あるいは、外してもいい、という誘いがかけられているのだとしたら……。

彼女は魅力的な女性だ。もし、この間の会食がお見合いの席なら、その日のうちに次のデートの約束をする。

だめだ。

疲れている。頭の整理がつかない。ややこしいことを考える能力が残っていない。

開店時間ぴったりにサブリナへ向かう階段を降りた。

「もう入っていい？」

「あら、お早いですね。六時ジャスト。もちろん営業時間です。いらっしゃいませ」

「他にお客さんがいない時間にと思って」

「何ですか。今日は。もしかして愛の告白？」

サブリナでも随分と打ち解けた会話をするようになっていた。

「それに近いな」

「えっ？」

「その前にタップからIPAを。これから喉が渇く話になる」

文香はビールを注ぐタップの下にグラスを斜めに差し入れてゆっくり半分まで満たした。そのグラスを目の高さに掲げて、じっと見るとそれをシンクに空けた。その日の最初の一杯の儀式なのだろうか。

改めて別のパイントグラスをタップに差し入れ、さっきよりも丁寧に注いでいく。

「これなんだ」

コースターにビールが届けられたタイミングで封筒を差し出した。

「手紙ですか?」

手に取って宛名を、そしてそれを裏返して見たとき、彼女の口もとに、一瞬、力が入ったのが分かった。

「あの子ったら……」

「今日、これが病院へ届いていたんだ」

「中を見てもいいんですか」

「そのつもりでもってきたんだ」

「人の手紙って、あんまり見たくないですけど」

「相談できるのは、あなたしかいないから」

「参ったな」

文香は封筒から引き出した手紙の文面を目で追い始めた。居心地の悪い時間だ。

「どう思う?」

「参ったな」

「その場限りだという話だったのに」

「すみません」

「あなたのせいじゃない」

「いいえ、わたしのせいです。あの日、わたし、彼女にギャラ飲みだって言ってなかったんですよ」

「……」

「予定してた一人が急に都合がつかなくなって、誰か代わりにと思ってピンチヒッター頼んだんです。食事会に空きができちゃったから来てって、ただそれだけ言って」

文香がその後の言葉を選んでいる間に、ビールのグラスを口に運んだ。インディア・ペール・エールの苦みが舌から口へ広がっていく。

「それで、莉奈は、重山さん、あなたに出会っちゃったわけ。出会いの場なんかじゃなかったのに。ちゃんと言っておかなかったわたしのせいで」

「どうしたらいいと思う？」

「あなたはどうしたいのですか？」

「どうしたいって……二時間楽しく話をするだけだって、念を押されて、そういうつもりで楽しく、ほんとに楽しく、食べて飲んで、それでタクシーに乗ってさよならって」

「定九では、重山さんもまんざらでもないように見えましたけど」

「うん、まんざらでもなかった。文香さんが教えてくれたように、疑似恋愛のロールプレイを楽しもうと思った。とても楽しかった。だから僕にも責任がある」

「重山さんは、そういう時間を買ったお客様だったのだからそれでいいんです。責任はありません」

「そんなに簡単に割り切れないよ」

「あっちもこっちも、割り切れない人間ばかり」

少しのあいだ、二人とも黙り込んだ。

「来週の金曜日、南池袋公園ジャルディーノに行くんですか？　行かないんですか？」

「金曜はカンファレンスがあるから行けない」

「じゃあ、簡単じゃないですか。都合がつかないので行くことはできないと返事をすれば」

「それはそうだけど、これって、彼女が僕のこと好きになったってことなわけ？」

「ことなわけって、それ以外に読み取りようがないでしょう。

いいですか。いい大人ですよ。

金曜の夜、窓から夜の公園を見下ろすロマンチックなレストランに行ったら、彼女が待っていて、大学受験の問題集開いて数学の問題の解き方教えてくださいってわけないでしょ。『どうしてもお目にかかりたくて、お仕事先にこうして手紙を書いてしまいました』ですよ。どうしてもお目にかかりたくて、……書いてしまいました。書かずにいられないってことじゃないですか」

「そうだよな」

「どっちにしても、行けないわけだから、まずはちゃんと断らないと。で、つきあう気がないのなら最初にきちんとそういう意志表示したほうがいいと思います。後を引かないように。これは莉奈の友達としての意見ですけど」

「後を引かないように、か……、ちょっと強い酒を飲みながら考える」

「はい、当店、売るほどご用意しておりますが、何を」

「タンカレーでマティーニを、シェイクで」

かしこりました、と彼女の背筋が伸びた。

それからしばらく、文香の流れるような作業を見ていた。

初めてこの店に来たときと寸分違《たが》わぬタイミングと仕草で、氷の入ったシェイカーにジンとベルモットを入れ、それを振り、カクテルグラスに注いだ。

光の中で水中を踊る氷の破片と一緒に、冷たいままそれを飲み干し、グラスの底に沈んでいたオリーブを口に入れた。飲み干した液体と同じ温度であるはずなのに、オリーブはぬるりとわずかな温《ぬく》もりがあるような気がした。そして、少し遅れて、喉が熱くなってくる。

「結婚していることにしようと思う」

「いい考えだと思います。ただ、彼女は重山さんに奥さんがいるかどうか知らないと思います。知らないまま交際を求めて来ているのだとしたら、結婚しているということだけでは諦めがつかないかもしれません。どう転んでも、到底、自分の元へ来ることはないと思う表現があれば。そして、ほんの少しの温かみがあれば」

「冷たくて、でも、温かい言葉、か。難しいことを言うなあ」

それから、ほとんど口をきかずに、赤嶺莉奈へのメッセージを考えていた。音楽が何度か変わった。

ドアが開いてその日二人目の客が入って来たのをきっかけに、店を後にした。

いつものように慌ただしく日々が過ぎていた。

あいかわらず、いつも疲れている。

「そっちの大きい方のカツ載せて」

「はーい。カレーはカツにかけないのね。衣が吸い取ってしまって下に白いご飯が余るからね」

「おばちゃん、お味噌汁《みそしる》、鍋の底からちゃんと掬《すく》ってよ。シジミ一匹でも多く入れて欲しいから」

「重山先生、細かいなあ」

「食事だけが楽しみなんだから」

「ほんまにかわいそうやなあ」

職員食堂の、好物のカツ丼とカツカレー、そしてカウンターで料理を出してくれる、大阪出身のおばちゃんとの短いやりとりが息抜きになるという生活。積極的に楽しいとまでは言わないまでも、悪くない暮らしだとは思っている。

医局もナースステーションもそこそこ明るい。すべての患者が快癒するとは限らないが、多くの人が楽になって、入って来るときよりも希望を持って病院を出て行く。残念なこともあるが、手応えもある。

ただ、その日常が永遠に続き、いつも体と心が疲れていることだけが問題なのだ。

自分だけではなく。

同業者の妻が生きていれば、二人とも疲れているのに、リビングルームでどうでもいい話を小一時間することで削られる睡眠時間以上の元気回復効果があったのに、そのプラチナアワーを失ったダメージの大きさを、今ごろになってしみじみ感じている。

赤嶺莉奈に返事は出していない。

地下アイドルと若いファンたちの集まる場所に、わざわざ異分子として飛び込んで、自分の新しい表現を模索するという彼女の生き方に驚かされた。体を張って表現の世界に生きている。

彼女が「あわよくば」という軽い気持ちで、文香のギャラ飲みの禁を犯して、手紙を寄越したとは思わなかったが、だからといって、自分の何処《どこ》に興味を持ったのか、それもわからなかった。

それを知りたいとは思う。

知るためには会わなければならない。

彼女が指定してきた夜、カンファレンスが入っていることにほっとしている自分と、残念に思う自分がいる。

代わりの日程を提案することは、受け入れることのようで、自分の正直な気持ちとも違う。

本当ならあの時のまま別れて、ギャラ飲みのキャストとして、また彼女に来てもらって、楽しい時間を過ごすことを繰り返したかった。もしかしたらそのうちに自分の方から彼女のことを好きになって、約束事を守れなくてごめんなさいと謝りながら文香に相談して、ルールの外でつきあうようになった方が、自分らしくて迷いがなかったと思う。

当日まで、返事をしないことにした。

最後まで迷った。最後まで時間が取れる可能性を探った。

たとえ嘘でも、そういう形の文面の方が、むしろ彼女の気持ちを大事にできる断り方なのではないか。そう考えた。

結婚していることにしよう。それを伝えれば、代わりの日程をこちらから提示しなくても拒絶の意思を理解してくれるだろう。

それだけ決めて文面を確定させると、もやもやしていた気持ちが落ち着きを取りもどした。とにかく着地点は決まったのだ。あとは当日までいつもの日常を過ごすだけだ。

ところが前日、木曜日になって事態は急変した。

〈台風接近のため、金曜のカンファレンスは土曜に順延します〉

端末にメッセージがポップアップしてきた。

天気予報サイトで見ると、台風の進路予想はわざわざ最大限に日本列島をなぞるように本州に重なっていた。

台風の予報精度は年々上がっている。前日の進路予想が大きく外れることはほとんどなくなっている。それを前提に企業は事前にイベントを中止にしたり、仕事をテレワークに切り替えたりすることが当たり前になっている。

木曜日午後三時発表の天気予報によれば、台風の予報円が東京を通過、または最接近するのは金曜日の午後十一時から翌土曜日午前二時頃だという。

終電直撃じゃないか。

ニュースサイトに移動した。

予想的中だ。午後四時に鉄道各社は金曜日の最終電車の繰り上げを発表した。先進的と思われる企業は、競うように当日は朝からテレワークに切り替えると発表している。

赤嶺莉奈が提案してきた明日午後七時にはすでに風雨が強まっているだろう。

いまのうちに自分が行かないことを知らせた方がいいのではないか。

そう思ったところで気がついた。

行ける。カンファレンスがキャンセルになった。金曜午後七時に、自分は南池袋公園前ジャルディーノに行くことができる。

気がつくと息が荒くなっていた。

先約があって彼女の居るところへ行くことができなかったのに、行こうと思えば行くことができる。

選択肢を用意されてしまった。はっきりとした意志で自分が決めなければならなくなっていた。

いや、彼女の申し出を拒絶することに決めたのだ。文香だってそれがいいと言っているではないか。今更、考え直す理由がどこにある。台風が来ただけだ。

時計を見た。午後五時半だ。

文香はもう出勤してきているだろうか。

サブリナに電話をかけると、彼女が出た。

「赤嶺莉奈さんの家は何処？」

「東上線の大山《おおやま》だけど、なんでそれを？」

「明日台風が来る」

電話を切ってから、答えになっていないと気づいたが、今はどうでもいい。

鉄道のサイトをチェックした。

〈計画運休のお知らせ。

台風二十二号接近のため、明日八月二十八日は全線で午後八時以降順次運休します。

なお、今後の台風の進路によってはさらに早い時間に繰り上げる可能性もあります〉

一夜明けると、世の中がざわついていた。前日に病院に長くいて、外の情報にあまり接していなかったからかもしれない。

テレビでは繰り返し、台風情報が伝えられている。

いつものようにどこかの海岸に打ち寄せる波の映像。終電繰り上げについて、朝の通勤時間の丸の内でのインタビュー。九州で夜のうちに記録された瞬間最大風速。どこかのマンホールから吹き出る水。膝までの水の中を歩く人々。海に面したガラス戸に板を打ちつけているサーフショップ。足船《テンダー》を引き上げている海に面した別荘の住人へのインタビュー。

増水した川には近づかないでください。

今水位が上がっていなくても、急に増水することがあります。

洪水や崖崩れが予想される地域では早めに避難してください。

東京でも雨が降り始めた。風も強まっている。

病院はむしろ静かだった。

午前中の予約診療にキャンセルが多かった。昼を過ぎるといつもは会計を待つ人で溢れる場所にも人が少ない。

午後一時にはほとんどの診療科で外来診療が終わった。

医局に安堵感が広がっていた。台風のおかげで楽ができる。口に出す者はなかったが、今日に限っては多くがそう思っている。

デスクに座って序文だけ書いてあった次の論文を書き進めた。なんと平穏な一日なのだろう。これも台風のおかげなのだ。

病棟を回ると、廊下を歩く見舞客も少なかった。

何を思うのか、雨が打ちつける窓の前に立って外を見ている患者がいた。

その人の背中を見ながら、少年時代、台風が好きだったのを思い出した。

生ぬるくなった風の中で、台風仕舞いを手伝いながら、強い雨と風の音に昂揚感を抱いた。学校が休みになる。講義が休講になる。

いつの頃から、台風を厄介なものと思うようになったのだろう。

口に出さないまでも、いくらか非日常にわくわくしながら、それでも日常の活動を侵害してくる天災に苛立つのだろう。

相手は天災だ。人知で避けることはできない。人間はただ自分の暮らしをなんとか守ろうとする。台風が来ることを分かっているとき、できることをできるだけした後は過ぎ去るのを待つしかない。せめて、いつ頃どこにやって来るかを予測してそれに備える。

いま、病院はとても静かだ。

今夜、台風は必ずやって来る。

その夜に赤嶺莉奈が自分を待っている。

今、行かないと言えば、彼女は待つのをやめるだろうか。行けないはずが行けるようになった。場所はすぐそこだ。鉄道は八時に止まる。その前から町も駅も混乱するのではないか。駅には人が溢れるのだろう。

その真っ只中に彼女がいる。

ふと思いついてジャルディーノに電話をした。

「申しわけありませんが、従業員の帰宅が困難になるため、本日は七時半に閉店させて戴きます」

何だって？

時計を確認した。六時半を回るところだった。

彼女が閉店時刻を分かっていればそれより早く店に着こうとしているに違いない。

書きかけの論文のファイルを保存して、コートを手に取った。

傘を手に、人気の絶えた病院のロビーを横切り、関係者用退出口に向かった。

思ったよりも外を歩く人は少なかった。

風は少し強い。時折、突風になる。傘がぎりぎりもちこたえている。雨は本降り。歩幅を大きくするとズボンの裾が濡れる。

人々は無言で駅に向かって歩いていた。逆行する人は少なすぎて、前から来る人々の勢いに負けて傘を避けながら進むのに苦労している。

風はビルに守られるように広い道の幅で吹いていた。それに送り出されるようにたくさんの人が、扇の要に向かうように駅を目指していた。流れに加わる人はいる。別れていく人はいない。

駅が近づくにつれ流れの速度が遅くなる。

西口公園に近づいた頃には、傘と傘が重なるように、一進一退になった。駅が遠くなったと感じた。いつになったら辿り着けるのかわからない。

傘のすきまから見える空が狭かった。

その一方、広々とした空間を与えられた風は広場を囲む建物で向きを変えられながら公園全体をトラックにして回り始めていた。

突風が後ろから来る。

傘のすきまから、前の東京芸術劇場にぶつかって吹き上がる数本の傘が見えた。次に同じ風が自分の傘を難なく奪っていくと、その分だけ自分の頭上の空が広くなり、その視野の中に、数本の傘が空を舞う姿が見えた。

待ちかまえるように雨が激しくなった。傘を失った無防備な場所に容赦なく注いでくる。

身軽になった分だけ、判断は早かった。

傘をもつ人の脇をすり抜け、ガラス張りの劇場の入り口を目指して滑り込んだ。

安堵して振り返ると、鉄骨とガラスでできたアトリウムの広い空間があり、そのガラスに全方向から雨と風が打ちつけているのがわかった。量販店の赤い看板がガラスに沿って流れる雨で滲《にじ》んでいた。

あっ！

その奥に、ゆっくり回転しながらこちらに向かってくる四角い物が見えた。

頭上で大きな音がして、ほぼ同時に、地上から悲鳴が上がった。

どこかの看板らしき平面体がガラスの天井に突き刺さったまま、風に煽られてグラグラと揺られながら天井にねじ込まれ、その度に、割れたガラスが降ってくる。

穴から吹き込んだ風が、中天にぶら下がっていた垂れ幕を大きくゆらしていた。

アトリウム全体を回り始めた風が届いて、思わず目を細めた。

後ろでどよめきが起きた。

振り返って上を見上げると、大きく捻《ねじ》れた垂れ幕が見えた。

元に戻る瞬間、吊っていたワイヤーが切れ、波打つように風を孕んだ大きな布が風に乗って、二階へ続くエスカレーターの上に舞い降りようとしていた。

「かあさん！　かーさーん！」

地上で大きな声がした。中学生ぐらいの男の子が叫んでいる。

「ガラスが、ガラスが」

その声で我に返り、まっしぐらに駆けよった。

「任せろ！」

誰にともなく宣言してその場に膝をつく。

その瞬間、痛みが走った。

ガラスの破片が膝に刺さったらしい。大丈夫、その部位には大きな血管も神経もない。

少年の足元には、四十歳ぐらいの女性が血を流して倒れていた。

「その場所は危ない」

誰かが叫んだ。

「まだ上から降って来るぞ」

悲鳴が上がり、遠巻きにしていた人の輪が大きくなった。

「ケガ人を安全なところに運び出す。誰か手伝ってくれ」

さっきの少年が足を持った。自分は脇から腕を入れて女性を抱えた。苦しそうに顔を歪《ゆが》めている。

「気をつけろ。引き摺るとガラスが刺さる」

「大丈夫です」

少年が答えた。

入り口から離れて頭上にガラスのない場所まで移動させることができた。

大腿部《だいたいぶ》に三十センチ大の尖《とが》ったガラスが刺さっていた。

ベージュのパンツが血に染まっている。それを見る少年の顔が青ざめていた。

「この場所なら大丈夫だ。太い血管に当たっていないから」

ネクタイを外して、足の付け根を思いきり縛った。

それからガラスを抜いた。周囲の破片を注意深く確認し、傷口をハンカチで圧迫した。

「大丈夫でしょうか」

背の高い男が近づいて来た。劇場のスタッフだろうか。

「応急処置はしました」

「ありがとうございます。お医者様ですか」

「ええ」

「まもなく救急車が来ます」

「人混みは？」

「どういうことです？」

「目の前の公園に、交通整理の人間を出さないと、ストレッチャーが入って来れないと思いますが」

「大丈夫です。ここは劇場です、楽屋口があります」

一気に力が抜けた。


聞き慣れたサイレンの音とともに救急車が到着し、けが人は救急隊員によって手際よくストレッチャーに乗せられた。

「ありがとうございます」

少年の顔はまだこわばっていた。

「大丈夫だ。命に別状はない」

顎に力の入っていた少年の表情が緩んだ。それから、ぺこりと頭を下げてストレッチャーに続いた。

それを見送りながら、救急車からもらった包帯を自分で膝に巻いた。

風の音がしていた。ほんの少しの間、放心状態だった。

振り返ると、屋根の抜けたアトリウムには早くもロープが張られ、人が入れないようになっていた。その中央に滝のように雨が流れ落ちていた。

遠ざかる救急車のサイレンが聞こえて、我に返った。

腕時計を見る。

時刻は八時を回っていた。間に合わなかったか。

スマートフォンを取り出して、アプリの画面に用意した文面を貼り付けた。

〈赤嶺莉奈さん、
連絡がたいへん遅れてすみません。

実は、今日は妻の誕生日なので、家で食事をする約束をしているのです。

すみません。きょうはお目にかかることができません。

昨日のうちにでもお返事を差し上げるべきでしたが、急患や手術でバタバタしていました。

風雨が強まっています。どうか無事にご帰宅なさいますように。
重山元彦〉

そうだ。これでいい。
肩の力が抜けていくのが分かった。
その代わりに膝の傷が痛み始めている。

本書は書き下ろしです。

本作品はフィクションです。実在する個人および団体とは一切関係ありません。
（編集部）

実業之日本社文庫 あ133

終電《しゅうでん》の神様《かみさま》　台風《たいふう》の夜《よる》に

2020年8月15日　初版第1刷発行

著　者　阿川大樹《あがわたいじゅ》

発行者　岩野裕一
発行所　株式会社実業之日本社
〒107-0062　東京都港区南青山 5-4-30
CoSTUME NATIONAL Aoyama Complex 2F
電話 [編集]03(6809)0473 [販売]03(6809)0495
ホームページ https://www.j-n.co.jp/
DTP　ラッシュ
印刷所　大日本印刷株式会社
製本所　大日本印刷株式会社

フォーマットデザイン　鈴木正道(Suzuki Design)

ISBN978-4-408-55592-8（第二文芸）